DAS BIN ICH

MEIN NAME:

UND SO HEIßE ICH ONLINE:

MEINE AKTUELLE HAARFARBE:

MEINE HOBBYS SIND:

Über dieses Thema könnte ich
jemandem ein Ohr abquatschen:

DAS WÄRE MEINE
ZAUBERKRAFT:

ONLINE FINDET MAN MICH
MEISTENS HIER:

UND OFFLINE IST DAS MEIN
ABSOLUTER LIEBLINGSORT:

An diesen fiktiven Ort würde
ich gerne mal reisen:

DIESES SPIEL HÄLT MICH
VOM SCHLAFEN AB:

DIESEN FILM KÖNNTE ICH
HUNDERTMAL SEHEN:

DIESES BUCH KOMMT
MIT AUF DIE INSEL:

Diese TV-Serie macht
mich süchtig:

DAS MÖCHTE ICH
MAL WERDEN:

Inhalt

Geek, Nerd, Fangirl:
WO IST DER UNTERSCHIED?

Geek = Eine Person, die ein großes Interesse für ein oder mehrere bestimmte Themen hat.

Nerd = Eine Person mit speziellem Interesse und Wissen zu einem oder mehreren Themen.

Fangirl = Eine Person (übrigens egal, welchen Geschlechts), die sich für ein oder mehrere Themen begeistert.

Merkst du was? Es gibt keinen großen Unterschied und die Definitionen haben sich mit der Zeit ohnehin stark verändert. Für manche Menschen ist jedes dieser Worte eine Beleidigung und andere nutzen diese Worte für sich selbst mit Stolz. In diesem Buch ist ein Geek eine Person, die für ein Thema schwärmt, mit Leidenschaft dabei ist und sich nicht scheut, das auch zu zeigen!

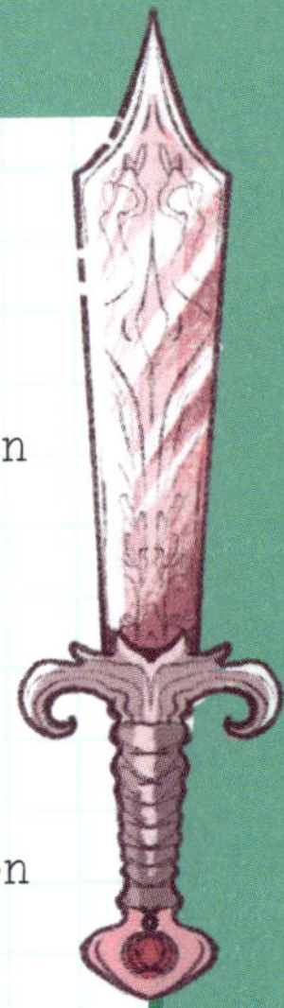

* Und noch was: In diesem Buch wird die aktuelle deutsche Rechtschreibung beachtet, daher heißt die Pluralform von „Manga" hier „Mangas" usw. Viele Geeks ziehen aber immer die japanische Form vor. Beides ist okay. ;)"

GEEK GIRL-IDOL
Annabeth Chase

Halbgottheit, Architektin und Weltenretterin
Aus Percy Jackson von Rick Riordan

Liebes Geek Girl,

Du liebst es, stundenlang in Mangas zu versinken? In deinem Schrank hängt ein Superheldinnen-Cape, weil man schließlich nie weiß, wann man die Welt retten muss? Beim Anblick einer Telefonzelle denkst du ganz sicher nicht ans Telefonieren, das Wort ‚Ship' hat für dich rein gar nichts mit Schiffen zu tun, fiktive Charaktere sind für dich sowieso die besseren Menschen und der wichtigste Termin des Jahres ist für dich deine Lieblings-Convention? Dann ist dieses Buch für dich!

Ja, wir sind Nerds, Geekqueens und Fangirls! Wir verbringen unsere Nächte (ja gut, manchmal auch zu viele Tage) mit Games und lassen uns das nicht verbieten, wir können stundenlang über die neuesten Theorien zu Filmen und Serien diskutieren. Wir zeichnen, lesen, nähen Cosplays und leben im Internet. Manchmal schwärmen wir für jemanden, von dem Außenstehende behaupten würden, er wäre gar nicht „echt". Wir leiden regelmäßig im Post-Book-Blues und kennen die drei Robotergesetze (und wissen sogar, wer sie geschrieben hat).

Dieses Buch heißt zwar „Geek Girls forever!", aber es ist für jede Person, die sich angesprochen fühlt. Du musst dich nicht als Girl identifizieren, um dieses Buch zu lesen. Schau einfach rein und lass dich inspirieren, egal, ob du ein Mädchen, ein Junge oder ganz anders bist! Dieses Buch soll dich inspirieren, unterhalten und begleiten! Es enthält Texte zu vielen Nerdthemen, Tests, Anleitungen und Tipps und viele Möglichkeiten, dich selbst zu verwirklichen!

Hoffentlich gefällt es dir und du findest dich darin wieder!

MÖGE DIE MACHT MIT DIR SEIN!

KAPITEL 01

Geek Girls forever!

Der intergalaktischextraterrestrischmagische Test

Welcher Geek-Typ BIST DU?

1 WIE STEHST DU ZU *Conventions?*

- **A** Bin dabei, aber nur mit meinen Freundinnen und wenn tolle Gäste und Cosplayer da sind!
- **B** Ich träume noch von der Con zu MEINEM Lieblingsthema. :(
- **C** Ich bin eine echte Veteranin! Ich besitze eine Con-Kutte und den schwarzen Gürtel der Conventions! Campieren, um irgendwo die Erste zu sein? Kein Problem!
- **D** Muss nicht sein, ich bleib lieber zu Hause, da habe ich meine Ruhe.

2 ZEIGST DU DEINE NERDIGKEIT *mit deiner Kleidung?*

- **A** Nur sehr dezent, da muss man schon genau hingucken. Ich habe meinen ganz eigenen Stil.
- **B** Auf jeden Fall. Ich hab viel Kleidung mit witzigen Sprüchen oder Grafiken, die Computerhumor, Comics und Geekhood ausdrücken. Wer kein Nerd ist, versteht's sowieso nicht. Ach ja, ... und Spock-Ohren natürlich. ;)

- [ ] **C** Nicht wirklich, Mode ist mir ziemlich egal. Ich trage so wenig Markenkleidung wie möglich. Und im Ernst, digitale Armbanduhren und Gürteltaschen sind schon ziemlich praktisch!
- [ ] **D** Unbedingt! Ich mag Mode und jeder darf sehen, wovon ich Fan bin. Für mich könnten jeden Tag Conventions sein, ich bin bereit!

3 DIR STEHT EINE MEHRSTÜNDIGE ZUGFAHRT BEVOR. *Wie verbringst du die Zeit?*

- [ ] **A** Da lese ich endlich mal wieder ein Buch oder schaue eine Serie.
- [ ] **B** Ich brauch nur Tumblr und ein paar Fan-Fictions.
- [ ] **C** Da zeichne oder schreibe ich in Ruhe.
- [ ] **D** Geht schnell rum mit Games – egal, ob auf dem Smartphone oder auf dem guten alten Gameboy.

4 WAS WEISST DU ÜBER *Computer?*

- [ ] **A** Über welchen in meinem Haushalt reden wir? Ich kann dir Tipps geben! Achte auf einen guten Prozessor! Hauptsache, du nimmst keinen PC von der Stange, aber keine Sorge, da stelle ich dir schon was zusammen!
- [ ] **B** Also Word kann ich schon installieren, davon abgesehen spiele ich dort gern Fortnite oder Ähnliches.

- [ ] **C** Ich weiß schon gar nicht mehr, wie viele Ordner und Unterordner voller Fan-Fictions, Fan-Arts und Fotos ich dort habe (^^;)
- [ ] **D** Benutze ich nur für die Arbeit. Ansonsten reicht mir mein Smartphone.

5 ICH *glaube an ...*

- A ... Sherlock Holmes.
- B ... die Macht.
- C ... Kaffee (alternativ: Tee).
- D ... die Macht der Träume.

6 ICH *sammle...*

- A ... eigentlich nichts. Und wenn doch, dann so versteckt, dass es keiner findet ...
- B ... alles, was mit meinem Fandom zu tun hat. Und mit ‚alles' meine ich alles. Fass meinen Funko-Pop-Schrein nicht an!
- C ... bestimmte Sachen, die mich inspirieren. Das kann Mode sein. Oder alte Bücher oder alles von einer bestimmten Band etc.
- D ... Vintage-Technik, Münzen, Löffel, Actionfiguren, DVDs, Games, Pokémonkarten ... ist klar, oder?

7 ICH HAB *schon mal...*

- A ... von meinem Lieblingsstar oder fiktiven Charakter geträumt und bin absolut stolz darauf!
- B ...länger als zwölf Stunden gezockt.
- C ...unter der Dusche eine flammende Rede auf einem fiktiven Panel gehalten und meinen Fans zugewunken.
- D ... laut im Wald Gedichte vorgetragen oder ein komplettes Playback-Konzert gegeben.

8 ICH *kenne* …

- A … die Bedeutung von BSOD.
- B … endlos viel überflüssige und belanglose Trivia über mein Lieblingsthema.
- C … die richtige Betonung von "Wingardium Leviosa".
- D … mehr Leute online als im echten Leben.

9 DIE *rote* ODER DIE *blaue Pille?*

- A Äh … ich nehme keine Drogen!
- B Die rote! Ach, nein, die blaue! Oder doch die rote?
- C 42!
- D Rot!

10 *Verstehst du* DIE REFERENZ AUS FRAGE 9?

- A Ja.
- B Na klar! Absoluter Klassiker! Trotzdem ist 42 die einzig wahre Antwort. ;)
- C Schon mal gehört …
- D Ehrlich gesagt nicht … (T///T)

DIE AUFLÖSUNG FINDEST DU AUF DER NÄCHSTEN SEITE…

ORDNE DEINE ANTWORT-BUCHSTABEN DEN SYMBOLEN ZU.

Das Symbol, das du am häufigsten gewählt hast, zeigt dir, welcher Geek-Typ du bist.

FRAGE 1
A = Herz
B = Brille
C = Controller
D = Buch

FRAGE 2
A = Brille
B = Controller
C = Buch
D = Herz

FRAGE 3
A = Buch
B = Herz
C = Brille
D = Controller

FRAGE 4
A = Controller
B = Buch
C = Herz
D = Brille

FRAGE 5
A = Brille
B = Controller
C = Buch
D = Herz

FRAGE 6
A = Buch
B = Herz
C = Buch
D = Controller

FRAGE 7
A = Herz
B = Controller
C = Buch
D = Brille

FRAGE 8
A = Controller
B = Brille
C = Herz
D = Buch

FRAGE 9
A = Herz
B = Buch
C = Controller
D = Brille

FRAGE 10
A = Brille
B = Controller
C = Buch
D = Herz

AUFLÖSUNG

HERZ: Das Fangirl

Du bist ein Fangirl und das ist absolut wunderbar! Du bist das Herz der Nerdwelt, der Motor, der den Laden am Laufen hält, die Botschafterin der Geeks! Du bist überall dabei und immer up to date. Dank deiner Begeisterung bleiben Communitys lebendig und du machst die graue Wirklichkeit ein kleines bisschen bunter und liebevoller. Deine Liebe geht unter die Haut und durchs ganze Internet – du hast vielleicht sogar mehr Freunde online als offline und kennst den Dschungel aus Social Media und allen wichtigen Nerd-Plattformen wie Ash Ketchum seine Westentasche!

BUCH: Low-Key-Geek (sprich Lo-ki) ;)

Zugegeben, auf den ersten Blick würde man dich wahrscheinlich nicht für besonders nerdig halten. Du hast kein Problem damit, dass man dir nicht ansieht, dass du gerne mal einen ausgedehnten Anime-Marathon machst oder absolut besessen bist von dieser einen Buchreihe. Aber das ist dir auch nicht wichtig. Du bist Geek im Herzen! Du behältst dein Nerdtum lieber für dich und nur Auserwählte dürfen dein wahres Ich kennen. Dann aber zeigst du, dass du eine wahre GLOW bist – eine glorious lady of weirdness!

CONTROLLER: Classic Nerd

nugneH! Du bist eine klassische Nerdin und das erkennt man schon aus weiter Ferne. Egal, ob ein Sternenflottenabzeichen zu deiner täglichen Garderobe gehört oder du deinem Controller schon einen Namen gegeben hast, du bist das Rückgrat der Nerdwelt! Dich findet man auf jeder Con ganz vorne in den Schlangen und du kannst zu so ziemlich jedem Thema etwas beitragen – online wie offline. Nicht unwahrscheinlich, dass aus dir einmal die nächste Jade Raymond wird!

BRILLE: Alternative Geek

Deine Interessen sind alles, aber nicht mainstream! Ja, du bist ein Geek und das im wahrsten Sinne des Wortes: Du kennst dich in den Themen super aus, die dein Herz höherschlagen lassen. Dich würde man nicht auf den Mainstream-Cons treffen, sondern eher in einem exklusiven Club, den Außenstehende gar nicht kennen. Ob du zum Beispiel ein absoluter Musicalfan bist, Gesellschaftsspiele sammelst oder jede Folge deines Lieblings-Dektektivhörspiels auswendig mitsprechen kannst – was es auch ist, dein Geekdom ist auf jeden Fall ungewöhnlich und darauf bist du zugegeben auch etwas stolz.

GEEK-TEAMS und ihre DNA

Geeks sind so verschieden wie die Themen, nach denen sie verrückt sind, und das ist wunderbar! Den EINEN Geek-Typ gibt 's sowieso nicht. Wer wäre nicht gern eine Slytherpuff-Jedi-Hackerin mit Exklusivnutzungsrechten der Tardis und einem eigenen Drachen? Gut, man kann nicht alles haben. Aber hier ist eine kleine Liste mit Geekdoms, in denen du dich sicherlich wiederfindest, entweder in einem oder in mehreren. Und das Beste: Am Ende kannst du noch deine eigene Seite ausfüllen!

Team Buch-Geeks

Buch-Geeks sind stolze Bücherwürmer (#bookworm), sie lesen fast alles, was ihnen in die Finger kommt und sind leidenschaftliche Sammlerinnen. Unter ihnen findet man kluge Köpfe und wissbegierige Schmökerinnen. Zu erkennnen sind sie an Jutebeuteln, auf denen Sprüche stehen wie „You can't buy happiness, but you can buy books and that's kind of the same thing“, einem Hogwarts-Haus-Schal, Lórien-Blätter-Pins oder einem Rebellen-Symbol aus einem Fantasy-Roman. Booklovers sind in der Regel Tea-holics, also bekennend süchtig nach Tee und hin und wieder erwischt man sie in Buchläden oder Bibliohteken verstohlen an Büchern schnuppernd. Denn was ist besser, als der Duft nach Tinte auf Papier?! (Nein, im Ernst: Wann gibt es endlich ein Parfum mit diesem Duft?)

Fantasy-Geeks

TYPISCHER SATZ

„Garstige Hobbitse!"

Halbgötter, Tolkiendils und Schattenjägerinnen jagen Bücher in Zamonien, kennen jede Lösung von Gollums Rätseln und wissen alles über griechische, ägyptische und nordische Mythologie ... (danke, Onkel Rick!). Sie sind die Schildmaiden der Nerdwelt – ob in Panem, Fantásien oder Westeros, Oz oder dem Wunderland – Fantasy-Geeks fühlen sich in allen fantastischen Welten zu Hause.

SUPERKRÄFTE

- Power-Leserinnen: Trilogien sind was für n00bs, Fantasy-Geeks sind ganz andere Dimensionen des Lesens gewohnt.
- Sie beherrschen die Grundlagen des Elbischen.
- Gäbe es echte Magie, wären Fantasy-Geeks die ultimativen Meistermagier, weil sie jeden Zauberspruch der Literatur kennen!

SCHWACHSTELLEN

Gegebenenfalls sieht man sie ein paar Wochen nicht, weil sie gerade im neuen 900-Seiten-Band ihrer Lieblingsreihe abgetaucht sind.

DAS SAGT MAN BESSER NICHT ZU IHNEN

„Fantasy ist doch nur was für Kinder und alles das Gleiche!"

Young-Adult-, New-Adult- & Romance-Geeks

YA & NA-Geeks sind vielleicht die letzten wahren Romantikerinnen: Ihr Herz schlägt für wahre Liebe, Drama und zugegeben auch für Kitsch. Märchenprinzen, Bad Boys, Achenputtel-Geschichten, Tränen, Action und Happy Ends machen ihre DNA aus. NA & Romance-Geeks (Booklovers) lesen Bücher nicht, sie zelebrieren sie: Regenbogenregale (alle Bücher nach Farben ordnen), leidenschaftliche Rezensionen und eine ebenso leidenschaftliche Fangemeinde macht sie aus. Sie verlieben sich problemlos in fiktive Charaktere, und sind überhaupt der Meinung, dass Buchcharaktere die besseren Menschen sind.

SUPERKRÄFTE

- Die tapfersten Kriegerinnen gegen den ständig wachsenden Bücherstapel!
- Kommen mit erstaunlich wenig Schlaf aus (immerhin muss der SuB besiegt werden!).

SCHWACHSTELLE

- Sie leiden eigentlich immer am Post-Book-Blues (die Traurigkeit, wenn man ein Buch oder eine Reihe ausgelesen hat und sich von den Charakteren verabschieden muss).
- Der böse SuB!

TYPISCHER SATZ

„Nicht schubsen, ich hab ein Buch im Rucksack!“

DAS SAGT MAN BESSER NICHT ZU IHNEN

„Ist dir das nicht peinlich, so was in der Öffentlichkeit zu lesen?“

Harry-Potter-Geeks

Die Harry-Potter-Geeks (Potterheads) wissen alles über die *Wizarding World* von J. K. Rowling. Ist ja auch klar, denn sie sind natürlich Hexen und Zauberer, bloß haben sich die Eulen aus Hogwarts aus irgendeinem Grund verflogen!
Aber das macht nichts, denn Potterheads wissen sowieso alles, was man in Harrys Welt zum Überleben braucht! Besen sind bei ihnen nicht zum Kehren da, ihr Zauberstab ist immer dabei (völlig egal, ob als Schlüsselanhänger, Kuli oder echt) und ihr Lieblingsgetränk ist Butterbier (auch wenn sie ehrlich gesagt nicht wirklich wissen, wie es schmeckt).

SUPERKRÄFTE

- Die herausragende Fähigkeit, jahrelang auf neue Bücher oder Verfilmungen zu warten ohne durchzudrehen.
- Sie sind wahre Meisterinnen darin, Werk und Autor*in zu trennen.
- Sie kennen die richtige Aussprache von „Wingardium Leviosa“.

SCHWACHSTELLEN
Ein unstillbarer Durst nach neuem *Wizarding World*-Output (Wir brauchen eine Rumtreiber-Serie!).

TYPISCHER SATZ
„Ohne Hermine hätte Harry nicht mal Band 1 überlebt!“
„Immer!“

DAS SAGT MAN BESSER NICHT ZU IHNEN
„Das sind doch nur Bücher.“

GEEK GIRL-IDOL
Hermine Granger

Hexe, Aktivistin und natürlich die begabteste Hexe, der Hagrid je begegnet ist.
Aus der Harry-Potter-Reihe von J. K. Rowling

Team Serien-Geeks

Ihr Handy-Passwort lautet „I Am Sherlocked“, Salz ist nicht zum Würzen da, sondern, um böse Kreaturen zu bekämpfen, einen kleinen Schrein für ihren Lieblingscharakter aus Riverdale zu haben (ja, inklusive Kerzen und Opferstein ;)) ist vollkommen normal, *Dr. Who* wird nicht einfach geguckt, sondern studiert, ein *Stranger Things*-Shirt gehört zur Grundausstattung, und sie vergessen vielleicht mal, welcher Tag es ist, aber sicherlich nicht das aktuelle Programm des Streaming-Anbieters ihres Vertrauens.

SUPERKRÄFTE

- Die Wartezeit auf eine neue Staffel meistern sie nach einigen Jahren Übung mit (fast) buddhistischer Ruhe.
- I will go down with this ship: Ihr OTP ist das einzig Wahre und sollte gefälligst Canon werden!
- Memes, Tweets und Comments: Serien-Geeks sind besonders aktiv, halten Communitys in Gang, diskutieren und tauschen Fantheorien aus, bis der PC glüht.

TYPISCHER SATZ
„Asdfghjkl!“

SCHWACHSTELLEN

- Die Trauer, wenn eine geliebte Serie zu Ende geht. Andererseits ... nichts endet jemals wirklich, oder?
- Die ewigen Diskussionen über OTPs, BROTPs und NOTPs.

DAS SAGT MAN BESSER NICHT ZU IHNEN
„Übertreibst du nicht etwas?“

Team Otaku/Weebs

Otakus oder Weebs sind große Fans der japanischen (Pop-)Kultur. Obwohl beide Begriffe ursprünglich eine negative Bedeutung haben, bezeichnen sich viele Japan-Geeks mittlerweile selbstbewusst als Otaku oder als Weaboo bzw. Weeb. Otakus sind nicht ausschließlich Anime- und Mangafans.
Ihr Interesse geht weit darüber hinaus. Japanische Kultur, japanisches Essen, Sprache, Mode, Musik (J-Pop, J-Rock, Visual-Kei) – der Wissensdurst von Otakus lässt sich kaum stillen (und das ist gut so!). Man kann sie an klassischen Accessoires wie Katzenohren oder *Sailor Moon*-Mond-Schmuck erkennen, aber auch an Shirts mit japanischen Prints, Pokéball-Schlüsselanhängern, *Totoro*-Haarspangen oder *My Hero Academia*-Uniformen, stets griffbereit.

TYPISCHER SATZ

„Soll ich endlich schlafen gehen oder noch eine Folge schauen?“

SUPERKRÄFTE

- Waren schon absolute Binge-Watching-Pros, bevor es cool war.
- Exzellente Sparer und Strategen. (Wer von einer Reise nach Japan träumt, lernt, zu planen.)
- Ob Zeichnen, Cosplay oder Japanisch lernen – hier findet man die kreativen Köpfe!

SCHWACHSTELLEN

- Wie verdammt noch mal zeichnet man Hände?!
- Sammelwut. (Kann man überhaupt zu viele Mangas haben?)

GEEK GIRL-IDOL

Jyn Erso

Rebellin, Sergeant und Diebin der Pläne des Todesstern

Aus *Rogue One: A Star Wars Story* von George Lucas

DAS SAGT MAN BESSER NICHT ZU IHNEN

„Du bist Otaku? Also sitzt du den ganzen Tag zu Hause und liest Mangas!“ oder „Alle Animes sind gleich.“
(Das sollte man wirklich nicht sagen ;D)

Team Sci-Fi-Geeks

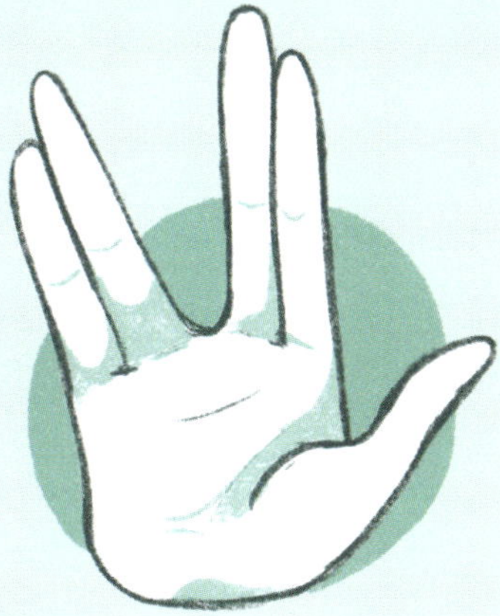

Science-Fiction-Geeks sind die Ersten ihres Namens. Die Urbegründer. Die Godmothers of Nerddom. Sci-Fi-Geeks sind klassischerweise besessen von *Star Wars* (Star Warriors), *Star Trek* (Trekkies), *Dr. Who* (Whovians), Sci-Fi-Romanen, Technik und Robotern. Man erkennt sie an diversen Space-Flotten-Abzeichen, TARDIS-Accessoires, Laserschwert-Deko und einer Vorliebe für ungewöhnliche Flechtfrisuren.

SUPERKRÄFTE

- Beherrschen den Vulkanischen Gruß in Perfektion (und benutzen auch ausschließlich diesen Gruß).
- Sprechen Klingonisch (oder wollen es zumindest lernen).
- Kennen die drei Robotergesetze auswendig.
- Sie sind tolerant: Ob Pappmaché-Kulisse oder 60er-Jahre-Filmeffekte, sie schätzen den Retro-Stil.

SCHWACHSTELLEN

- Können sich nicht entscheiden, welche Episode von *Dr. Who* unheimlicher ist: *Das leere Kind* oder *Die weinenden Engel*
- Verfallen mitunter in laaaaange Diskussionen über Details (so was wie die Frage, ob man die Kelvin-Timeline nun akzeptiert oder nicht, ob man Kirk oder Picard vorzieht, oder inwieweit das Buch anders war als die Verfilmung).
- Jar Jar Binks.

DAS SAGT MAN BESSER NICHT ZU IHNEN

„Du magst Science-Fiction? Das ist nur so was wie *Star Trek*, oder? Das ist doch der Film mit den Laserschwertern, oder?"

TYPISCHER SATZ

„Also, sollten mal Außerirdische auf der Erde landen, dann…"

Team K-Pop-Geeks

K-Pop-Geeks sind Fans von koreanischen Pop-Bands. Sie sind ohne Zweifel eine eingeschworene Gemeinschaft, voller Leidenschaft, Hingabe und Engagement. (Unvergessen, als K-Pop-Fans weltweit und nur online eine Wahlkampfveranstaltung von Trump boykottierten!) K-Pop-Geeks ordnen sich den Fangemeinschaften ihrer jeweiligen Lieblingsband oder *Idols* zu, die wiederum eigene Namen haben (Zum Beispiel ist Army die Fangemeinde von BTS, Monbebes nennen sich Fans von Monsta X und MOA ist das Fandom der Band TXT usw.). Da den Überblick zu behalten ist zugegeben nicht einfach, aber K-Pop-Fans navigieren sich sicher durch die Mengen an Bands, Social-Media-Accounts und News-Seiten wie Ruffy durch die vier Weltmeere. Sie erkennen sich gegenseitig am Kleidungsstil: Von koreanischer Straßenmode inspiriert tragen sie oft Pastellfarben, Oversize-Hoodies und Trikot-Shirts ihrer Bias. Oh, und ihr Lightstick darf natürlich nicht fehlen.

SUPERKRÄFTE

- Können singen und tanzen – immer und überall!
- *Bias, Omo, Saranghaeyo, Daebak, Oppa, Bias Wrecker, Rookie, All-Kill* ... Die Sprache von K-Pop-Geeks besteht aus koreanischen Wörtern, Insidern und Fan-Chants (Fangesänge). Damit sind sie wahre Meisterinnen der Geheimsprache!
- Absolute Geheimwaffe: der Lightstick (so mächtig wie Sailor Moons Mondstab!).

SCHWACHSTELLEN

- K-Pop-Fans können (unter Umständen und nur ein wenig) besessen wirken ... ;D
- Sie schwanken immer zwischen neuem Merchandise und dem Sparen für ihren absoluten Traum: eine Reise nach Südkorea!

DAS SAGT MAN BESSER NICHT ZU IHNEN

„Die sehen doch alle gleich aus!“

TYPISCHE SÄTZE

„Omo, dein Ult Bias ist auch **hier beliebigen K-Pop-Star einfügen**?!?! Omg, hast du gesehen, wie er/sie damals im EINEN Video aussah, mit den langen Haaren, war er/sie da nicht total toll?!“

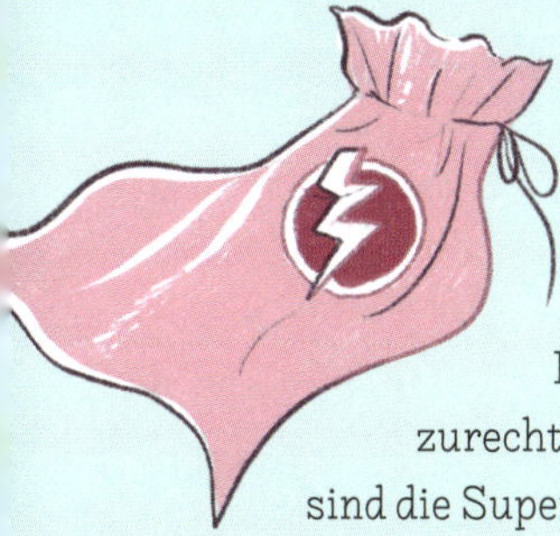

Team Comic-Geeks

Es ist eigentlich fast unmöglich, sich in dem unendlichen Wirrwarr aus Hauptstorys, Side-Stories, Prequels, Sequels und Sub-Plots in Comic-Universen zurechtzufinden. Für Comic-Geeks ist das ein Leichtes, denn sie sind die Superheld*innen der Geekwelt. Ob Independent-Comics von Independent-Künstler*innen, Klassiker von Neil Gaiman oder Disney oder das große Duo Marvel und DC – Comic-Geeks können Stunden (oder Tage, wenn man sie nur ließe!) in Comicbuchläden verbringen. Das Team Comic-Geeks erkennt man an verschiedenen Accessoires, wie ein *S.H.I.E.L.D.*-Shirt, *Captain Marvel*-Stern-Accessoires, übermäßig viel Kleidung in Loki-Grün, zu viele Batman-Symbole auf zu vielen Kleidungsstücken, „Pow! Boom! Ouch!"-Shirt und beneidenswerte Sammlungen. Außerdem haben sie immer ein Notfall-Wonder-Woman-Cosplay im Schrank. Schließlich weiß man nie, wann man die Welt retten muss.

SUPERKRÄFTE

- Sie wissen, woher der Satz „Aus großer Kraft folgt große Verantwortung" stammt.
- Sie werden nie müde, alle Neuverfilmungen im Kino in Super-High-Frame-Rate-3D-4K zu sehen und sind jedes Mal aufs Neue begeistert.
- Wann immer eine Convention ansteht, sind sie treue Gefährtinnen.

SCHWACHSTELLEN

Sie können ein wenig spitzfindig werden, beispielsweise beim Vergleich der Verfilmung mit der akkuraten Umsetzung der vierzehnteiligen, sieben Zeitalter umspannenden und sechs Spin-offs beinhaltenden Comicvorlage.

TYPISCHER SATZ

„Mein Zimmer? Ach, du meinst, mein Comicheft-museum mit dem Bett irgendwo dazwischen!"

DAS SAGT MAN BESSER NICHT ZU IHNEN

„Comics sind nur was für Kinder und außerdem sind das doch nur Superhelden-Comics!"

GEEK GIRL-IDOL

Prinzessin Shuri

Forscherin und klügste Person der Welt

Aus *Black Panther* von Stan Lee/Jack Kirby

Team Gaming-Geeks

Schlaf? Wer braucht Schlaf? Schließlich will das Level gewonnen werden! GWG – Girls who game – haben Reflexe, die schneller sind als die von Sonic, der perfekte Freitagabend bedeutet für sie ein Abend mit *Super Mario Party*, sie erwischen sich dabei, wie sie die Soundtracks ihrer Lieblingsgames summen, Let's Play-Videos sind ihre Tagesschau und man erkennt sie an nerdiger Kleidung mit Gaming-Bezug, wie etwa Shirts mit Sprüchen wie „I play, I die, I play again". Ultimatives Lifegoal: Eine Battle-Station, die man mit der Computerzentrale der NASA verwechseln könnte (Regenbogen-LED-Beleuchtung, Getränkehalter usw. Schon klar, oder?).

SUPERKRÄFTE

- Gehört man erst mal zu ihrer Gilde, kann man sich auf Game-Geeks verlassen: Denn Gilde ist Familie.
- Sie sind die wahren Heldinnen des Geekdom – vor allem in der Gamingszene ist das Problem von Mobbing und Anfeindungen groß. Das macht Gamer-Girls vor allem aber eines: stark!
- Sie sind technikinteressiert und entschärfen im Notfall eine Bombe.

SCHWACHSTELLEN

- Äh, Schlaf. Gamerinnen neigen zu Übermüdung. Andererseits … will halt das Level gewonnen werden!
- Die Nerven bei *Getting Over It* behalten.

TYPISCHER SATZ

„Ego-Shooter machen mich nicht aggressiv! ABER LAGS SCHON!!!11"

DAS SAGT MAN BESSER NICHT ZU IHNEN

„Mädchen können nicht zocken!"

Team Film-Geeks

Sie sind etwas blass, weil sie einfach zu lange nicht mehr draußen waren und man findet sie zuverlässig in der Schlange jeder Kinofilmpremiere. Ihr absoluter Traum ist ein Heimkino (auch wegen der Möglichkeit, jeden Tag unbegrenzt Popcorn zu futtern!) und ihre DVD- und Bluray-Sammlung birgt so einige Sammlerboxen und Special-Editions. Film-Geeks sind nicht nur stets up-to-date, was die neuesten Blockbuster angeht, sie schätzen auch die Klassiker und sind neugierig auf immer neue Filme und Genres, sei es Arthouse, Hollywood, Anime oder Bollywood. Der wahre Spaß beginnt sowieso erst NACH dem Film: Wenn es ans Diskutieren, Debattieren und Vergleichen geht: Disney-Klassiker oder Real-Verfilmung? *Herr der Ringe* in der Extended-Dirctor's-Cut-Edition oder in der Kinofassung? Popcorn oder Nachos?

TYPISCHER SATZ

„Ich spreche fließend Filmzitate."

SUPERKRÄFTE

- Film-Geek-Girls sind die geborenen Kritikerinnen und Wortführerinnen: Das beherrscht man als begeisterte Filmliebhaberin einfach. Mach dich auf glühende Diskussionen gefasst!
- Sie können die legendärsten Filmabende schmeißen.
- Kennen jeden noch so überflüssigen Fakt zu Filmen. (Zum Beispiel, dass Tim Burton früher bei Disney gearbeitet hat, wer Kate Winslet in Titanic wirklich gezeichnet hat oder dass Groot kein Baum, sondern eine Pflanze ist und ja, da gibt es Unterschiede!)

SCHWACHSTELLEN

- Chronisch pleite. Wie soll man sich auch so oft ins Kino, alle Streamingabos UND die neuesten Special-Editions leisten können?
- Wirken manchmal auf ihre Umwelt völlig verändert. Die Wahrheit: Sie haben nur die Persönlichkeit ihrer aktuellen Lieblingsfilmfigur angenommen.

DAS SAGT MAN BESSER NICHT ZU IHNEN

Egal was, wenn ihr im Kino seid.

GEEK GIRL-IDOL

Katara

Wasserbändigerin und die beste Heilerin der Welt

Aus *Avatar, der Herr der Elemente* von Michael Dante DiMartino/ Bryan Konietzko

Team Cosplay-Geeks

Cosplay-Geeks sind Cosplayerinnen. Sie sind die Stars der Geekszene, denn sie fallen am meisten auf. Meistens beneidenswert handwerklich begabt, opfern sie Geld, Unmengen an Stoff, die unterschiedlichsten Materialien, Schlaf, Nerven, Blut und Tränen, um Cosplays und Props ihrer Lieblingscharaktere herzustellen. Cosplayer können jedem Team angehören und es gibt nicht wenige, die querbeet alles cosplayen – von Loki über Misa Amane zu Dean Winchester bis zu Ahri aus League and Legends oder eine Steampunk-Piratin – Cosplay-Geeks schrecken so ziemlich vor nichts zurück. Cosplay ist ein Hobby, welches Abwechslung vom langweiligen Alltag bietet und dabei absolute Freiheit bedeutet. Jeder kann alles cosplayen, völlig unabhängig vom Geschlecht oder davon, ob das Cosplay-Vorbild überhaupt menschlich ist. Cosplay verbindet und bei Cosplaytreffen findet man neue Freunde. Cosplay ist schon lange nicht mehr komisch, sondern einfach nur cool!

SUPERKRÄFTE

- Nähen! Cosplay Geeks sind eigentlich die Handwerksköniginnen. Sie nähen sich nicht selten ihre eigenen Kleidungsstücke oder basteln Accessoires.
- Sie machen die Welt bunter. Cosplayer bringen Fantasie in den grauen Alltag. Verkleidungen sind nur was für Kinder? Nichts da, die Singapurerin Shirley Chua ist 72 Jahre alt und beweist damit, dass Cosplay in jedem Alter möglich ist!

SCHWACHSTELLEN

Definitiv die großen drei: Budget, Vorlagen und Schnittmuster finden. Ach, und Heißkleberbrandblasen.

DAS SAGT MAN BESSER NICHT ZU IHNEN

„Ist schon Karneval oder warum ziehst du dich so an?"

TYPISCHER SATZ

„Ach, das Cosplay war schnell fertig. Hat mich nur sechs Monate, ein paar schmerzhafte Auseinandersetzungen mit meiner Nähmaschine, dreißig Meter Stoff und mein Sparbuch gekostet. Also eigentlich gar nichts im Vergleich zu meinem Ryuk-Cosplay vom letzten Jahr! Die ganzen Federn fliegen hier immer noch rum."

Team Wissenschaft-Geeks

Last but never least kommen wir zu den Geek Girls, die die Welt retten: Mathe, Physik, Geschichte, Chemie, Philosophie, IT, Archäologie – diese Geeks haben Köpfchen! Ihre Lieblingsthemen gelten selten als cool, was eigentlich schade ist, denn - mach dich gefasst, Welt - diese Mädels werden dich verändern! Als die Ur-Nerds, nämlich Menschen, die sich leidenschaftlich für ein Thema interessieren, sind sie das, was wir mehr brauchen. Wir wollen mehr Doktorarbeiten über Fantasyromane! Wir brauchen Raumfahrerinnen, und zwar nicht nur auf der Enterprise! Wir freuen uns auf Forscherinnen (Shout-Out an alle Molly Hoopers, wir warten auf euch!) und feiern jedes Geek Girl, das den Kopf nicht aus Büchern bekommt, und nie aufhört zu forschen!

SUPERKRÄFTE

- Wissen. Denn Wissen ist bekanntlich Macht.
- Die wahren Hexen und Zauberer. Jeder weiß: Wissenschaft ist wie Magie, nur in echt!

SCHWACHSTELLEN

Sie könnten sich im Zweifel etwas in Details verlieren.

DAS SOLLTE MAN LIEBER NICHT ZU IHNEN SAGEN

„Streberin!"

TYPISCHER SATZ

„Wenn wir alle nur aus Atomen bestehen, dann ist jemand, der Atome studiert, streng genommen nur ein Haufen Atome, der sich selbst studiert. Denk mal darüber nach."

Diese Liste ist natürlich nicht vollständig. Es gibt Geek-Teams wie Sterne am Himmel. Deswegen hast du die Möglichkeit, deine eigene Team-Seite auszufüllen. Bist du ein Hamilfan, ein Disnerd, Pokéfan, ein D&D-Nerd, eine Fannibal oder etwas ganz anderes? Womit schlägst du dir die Nacht um die Ohren und über welches Thema könntest du eine Doktorarbeit schreiben, wenn man dich nur ließe? Lass es uns wissen!

Team Me

MEIN GEEK-TEAM:

DAS MACHT UNS AUS:

UNSERE SUPERKRÄFTE:

UNSERE SCHWACHSTELLE:

TYPISCHER SATZ:

DAS SOLLTE MAN BESSER NICHT ZU UNS SAGEN:

Hier ist Platz für dein Team-Moodboard!

Gestalte diese Seiten zum Beispiel mit Stickern, Zeichungen, Sprüchen, Zitaten oder Fotos!

KAPITEL 02

Power up your life!

Challenges sind toll! Im Internet gibt es unzählige kreative Challenges, die du dazu nutzen kannst, das ganze Jahr über kreativ zu sein. Hier ist eine Liste mit großartigen Challenges, wie du deine Hobbys und Lieblingsthemen ausdrücken kannst, deinen Alltag nerdifizieren und deiner Kreativität ein Level-Up verpassen kannst!

CHALLENGE #1

Stelle ein Geek-Outfit zusammen!

Zum Glück muss man heute nicht mehr lange suchen, um für kleine Münze (oder große Münze) Geek-Gear zu bekommen. Ob bei großen Modemarken oder im Internet: Fast überall kannst du Kleidungsstücke mit Logos oder Grafiken finden, mit denen du zeigen kannst, zu welchem Geek-Team du gehörst! Aber – halt ein, junge Heldin – es geht auch ohne das große Geld! Vieles kannst du selber basteln, in Vintage-Shops finden oder aus deinem eigenen Fundus zusammenstellen! Du brauchst kein selbst genähtes Cosplay von Bunny Tsukino, im Gegenteil! Ein blauer Rock, ein weißes Top, eine blaue Halskette und rote Schuhe können schon eine nette Hommage an die Mondprinzessin sein.
Außerdem sind bunte Socken, die typische Nerdbrille, 80er-Jahre-Jeans und Oxfordschuhe gute Möglichkeiten, deinen Alltagslook zu nerdifizieren. Oder warum nicht mal deine Haare in verrückten Farben färben? Trau dich, denn Regeln gibt es nicht! Oder du designst und verzierst zum Beispiel deine Sneaker oder deinen persönlichen Jutebeutel. Hier ist eine Anleitung für deinen eigenen Beutel mit Statement-Spruch oder Nerd-Bild!

DU BRAUCHST:

- Einen Stoffbeutel
- Zeitung oder Karton A als Schutz, damit du beim Schreiben nicht durchdrückst
- Karton B als Schablone
- Textilstifte in Schwarz und optional in anderen Farben
- Lineal
- Bleistift
- Teppichmesser, Schere Alternativ: Flüssige Stofffarbe, Pinsel

ANLEITUNG:

Statement-Jutebeutel

SO GEHT'S:

1 Entwirf zuerst ein Motiv aus Papier, probiere herum und übe, bevor du auf deinen Beutel zeichnest. Versuch es doch zum Beispiel mit einem Spruch im Handlettering-Stil. Im Internet findest du viele Vorlagen für Handlettering-Buchstaben. Oder male dein Lieblingsmotiv (zum Beispiel den Vulkanischen Gruß) auf das Blatt Papier.

2 Stecke ein Stück Karton A oder Zeitung in die Tasche, um die andere Seite vor durchgedrückter Farbe zu schützen. Wenn du die Tasche nur mit einem Spruch verschönern willst, zeichne mithilfe des Lineals und des Bleistifts Linien auf die Tasche und schreibe den Spruch mit dem Bleistift erst mal vor, damit du mit dem Textilstift nicht schief schreibst und alles draufpasst. Wenn alles passt, kannst du mit dem Textilstift loslegen.

3 Wenn du ein Bild zeichnen möchtest: Übertrage dein gewähltes Bild auf den anderen Karton (B) und stelle sicher, dass das Stück Karton größer ist als deine Tasche. Schneide mit einer Schere oder einem Teppichmesser vorsichtig(!) das Symbol aus dem Karton aus.

4 Lege den Karton mit dem ausgeschnittenen Motiv so auf die Tasche, dass das Motiv an genau der Stelle ist, an der du es haben möchtest. Achte darauf, dass der Teil der Tasche, der nicht gefärbt werden soll, geschützt ist. Male dann das Motiv mit der Textilfarbe vorsichtig aus. Nimm die Schablone anschließend vorsichtig ab und lass alles trocknen. *Und damit ist deine Statement-Tasche fertig und kann mit Büchern oder anderen Schätzen gefüllt werden.*

IDEEN FÜR GEEK-STATEMENTS:

Geek Girls for president! • Ad Astra – Zu den Sternen • Fortis et liber – Stark und frei • Esto quod es – Sei, wie du bist • The future is nerdy • Nicht schubsen, in dieser Tasche ist ein Nobelpreis (irgendwann) • Luceo non uro – Ich brenne nicht, ich leuchte. • meh. (Immer ein großartiges Motto!)

EIGENE STATEMENTS

Modedesignerin der Superhelden

Aus *Die Unglaublichen – The Incredibles* von Brad Bird/Pixar Animation Studios/Walt Disney

GEEK GIRL-IDOL

Edna „E" Mode

CHALLENGE #2

Schmücket die Hallen: Dekoriere dein Zuhause

Du würdest gern in einer Hobbithöhle oder in einem Gemeinschaftsraum wie in Hogwarts wohnen? Es gibt so viele kleine Möglichkeiten, dein Lieblingsthema in deine vier Wände zu holen. Stöbere auf Flohmärkten oder in den Kartons oder im Keller deiner Familie. Ein alter angelaufener Kerzenhalter könnte frappierende Ähnlichkeit mit Lumiere haben, wenn du ihn noch ein wenig dekorierst. Ein antiker Teppich kann gut zu einem eher mittelalterlichen Stil passen. Reagenzgläser mit farbigem Sand oder Pflanzen gefüllt, und an einem Halter an der Wand befestigt können ein echter Blickfang sein.

DAS BRAUCHST DU:

- Filzstoff (oder Moosgummi) in verschiedenen Farben
- Papier, Textilkleber, weicher Bleistift
- Holzstab (mind. 60 cm lang)
- Selbstklebende Klebebuchstaben (z. B. aus Filz oder Holz)
- Kordel oder Stoffband zum Aufhängen
- Nadel und Faden
- Selbstklebende Deko-Elemente (Schmucksteine, Sterne, Gold-/Silberornamente)

CHALLENGE #3

Entwirf und bastle dein Geek-Wappen!

My Home is my castle – und dein Haus braucht ein eigenes Wappen! Was Hogwarts oder die Könige und Königinnnen aus Game of Thrones können, kannst du schon lange. Entwirf ein Wappen für dein Geek-Team oder dein ganz privates Nerd-Wappen!

BASTELANLEITUNG

für dein Geek-Wappen

SO GEHT'S:

1 Schneide aus einem großen farbigen Filzstoff deiner Wahl ein langes rechteckiges Stück aus, das unten dreieckig zuläuft. Dies wird dein Hauptwappen.

2. Überlege dir einige Symbole, die du auf deinem Wappen unterbringen möchtest und zeichne ihre Umrisse auf Papier. Beispielsweise eine Krone, den vulkanischen Gruß usw. Schneide die Symbole aus und klebe sie mit etwas Prittstift vorsichtig auf einen anderen Filzstoff, der sich farblich vom Hauptwappen unterscheiden sollte. Das Papier muss nur ganz leicht am Filz haften, es dient als Schablone.

3. Benutze diese Schablone als Hilfe, um die Symbole aus dem Filz auszuschneiden.

4. Jetzt wird das Wappen gebaut: Wähle ein weiteres Stück aus den großen Stoffen aus. Die Farbe sollte mit dem Hauptwappen kontrastieren. Falte das Stück Filz einmal in der Mitte und zeichne mit deinem Bleistift eine halbe Schildform auf den Untergrund. Schneide es aus, klappe das Schild auseinander, sodass sich ein symmetrisches Schild ergibt. Stelle sicher, dass das aufgeklappte Schild auf dein Hintergrundschild passt und etwas kleiner ist.

5. Klebe das Schild mithilfe des Textilklebers in die Mitte des Hintergrundbanners. Klebe nun deine zuvor ausgeschnittenen Symbole auf das mittlere Wappen und dekoriere sie, wenn du möchtest.

6. Schneide einige dünne Filzstücke aus, biege sie zu Schlaufen um und nähe sie oben an das Wappen. Das sind deine Aufhänger. Hänge das Wappen auf deinen Holzstab und knote Kordel oder Stoffband an beide Enden des Stabes fest. Jetzt kannst du dein Schild an einen Ort deiner Wahl hängen und dein Geek-Königinnenreich ausrufen!

30-Tage-Challenges

30-Tage-Challenges sind fantastisch und machen Spaß! Es gibt nur eine Regel für 30-Tage-Challanges: An jedem Tag des Monats musst du eine Aufgabe erfüllen. Du kannst die Challenges nur für dich machen oder mithilfe von Hashtags mit anderen Geeks online teilen. Mithilfe der Hashtags oder Titel kannst du dir online die passende Challenge-Liste heraussuchen oder dir einfach eine eigene Challenge erstellen. Hier ist eine Liste mit einigen der bekanntesten kreativen, lustigen und inspirierenden Herausforderungen. Keine Sorge, um diese Challenges zu schaffen, musst du weder All Mights Haare essen noch ein Training wie Mulan absolvieren. Alles, was du brauchst, sind ein bisschen Motivation und Spaß an der Sache. Zusammen mit deinen Freunden und Freundinnen machen die Herausforderungen gleich noch mehr Spaß!

JANUAR: 30-Tage-Wissenschafts-Challenge

Bei dieser Challenge nimmst du dir vor, jeden Tag etwas Neues zu lernen! Lern-Challenges findest du im Internet, zum Beispiel unter dem Stichwort „Science-challenge". Hermine und Annabeth Chase wären Feuer und Flamme für diese Challenge! **#30daysciencechallenge**

FEBRUAR: Haiku-Challenge

Diese Challenge kommt aus den USA und wurde von der *Haiku Society of America* ins Leben gerufen. Beim NAHAIWRIMO (National Haiku Writing Month) geht es genau darum: Schreibe jeden Tag ein Haiku, also ein japanisches Kurzgedicht im 5-7-5-Silbenrhythmus. **#nahaiwrimo**

MÄRZ: March of Robots

Der March of Robots ist eine kreative Challenge, bei der du jeden Tag im März einen Roboter zeichnen, malen oder bauen kannst. Im Internet gibt es dazu verschiedene Listen mit Themen und Stichworten, die dich jeden Tag zu einem neuen mechanischen Freund inspirieren. **#marchofrobots**

APRIL: Gedicht-Challenge

Die Poem-A-Day-Challenge stammt ebenfalls aus den USA (NAtional POetry WRIting MOnth) und ist ähnlich wie der NAHAIWRIMO. Entfessle die Dichterin in dir und leg los. Völlig egal, ob sich dein Gedicht reimt und was das Thema ist. Warum nicht mal ein Gedicht über Dungeons & Dragons oder deinen K-Pop-Bias schreiben? **#nationalpoetrymonth**

MAI: Mermay

Die Mermay-Challenge wurde von Tom Bancroft, einem Disney-Animator, erfunden und ist so einfach wie fantastisch: Zeichne jeden Tag im Mai eine Meerjungfrau bzw. einen Meermenschen (Muss ich mehr sagen?)! Auf der Homepage (mermay.com) wird jedes Jahr eine neue Liste mit Stichworten veröffentlicht und die Kreativen teilen ihre Werke unter dem Hashtag **#mermay** mit der jeweiligen Jahreszahl dahinter.

JUNI: Solo-Photo-Book-Month

Beim SoPhoBoMo geht es darum, jeden Tag im Juni ein Foto zu machen und damit ein ganz persönliches Fotoalbum dieses Monats zu erstellen. Du kannst die Fotos online veröffentlichen und mit dem Hashtag **#sophobomo** versehen.

JULI: Harry Potter-Challenge

Zauberstäbe raus und auf die Besen – zu Ehren des berühmtesten Zauberschülers der Welt gibt es seit einigen Jahren die *Harry-Potter-Challenge*. Dies ist eine reine Fan-Challenge, bei der du jeden Tag in den Hogwarts-Express steigst und die magische Buchreihe mit begeistertem, nostalgischem oder kritischem Blick betrachtest. **#harrypotterchallenge**

AUGUST: 30-Tage-Manga-Challenge

Wie die Game-Challenge ist auch die Manga-Challenge in den unendlichen Tiefen des Internets entstanden und es gibt etliche verschiedene Manga-Aufgabenlisten. Bei dieser Art von Challenge tauchst du kopfüber in deine Manga-Sammlung, machst ein paar kräftige Schwimmzüge und birgst wahre Schätze: Von deinem allerersten Manga über den Manga, den du so oft gelesen hast, dass die letzten Seiten sich vom Leim lösen, bis zu dem Manga, in dem du am liebsten leben würdest. **#mangachallenge**

SEPTEMBER: 30-Tage-Video-Game-Challenge

Daddeln, bis der Arzt kommt – fast, aber nicht ganz! Bei der 30-Tage-Game-Challenge geht es jeden Tag um Games: Vom ersten Spiel deines Lebens über dein All-time-Lieblingsspiel bis zu dem Endgegner, der dir noch heute Albträume bereitet, wird jede mögliche Frage gestellt, die du mit Fotos oder Texten beantworten kannst. Alternativ gibt es auch Challenges, bei denen du jeden Tag ein anderes Spiel spielen musst – quer durch alle Genres: Müllabfuhrsimulator, Action-Horror-Game oder *My Little Pony* ... diese Challenge ist härter, als du denkst! **#30daysgamechallenge**

OKTOBER: Inktober

Die Inktober-Challenge wurde von dem Amerikaner Jake Parker ins Leben gerufen und inspiriert jedes Jahr Millionen von Menschen weltweit, jeden Tag zu einem vorgegebenen Stichwort mit Tinte und Fineliner Bilder zu zeichnen. Und wem das zu langweilig ist, der kann sich auch eine der zahlreichen anderen Challenges suchen, die es unter dem alternativen Hashtag **#drawtober** überall im Internet gibt. Von **#fantasytober** über **#horrortober** bis zu **#mythicalcreatureschallenge** oder **#witchtober** gibt es unzählige Kunst-Challenges, die zum Herbst passen. **#inktober**

NOVEMBER: NaNoWriMo

Entfessle deine innere Jo March! Beim NAtional NOvel WRIting MOnth, ebenfalls ein Projekt aus den USA, stellt man sich der Aufgabe, innerhalb eines Monats ein Buch im Umfang von 50.000 Wörtern zu schreiben! Klingt hart? Ist es auch, aber durchaus möglich. Die NaNoWriMo-Community ist über die Jahre weltweit gewachsen. Auf der Homepage nanowrimo.org kann man seinen Fortschritt festhalten und sich motivieren lassen. Für alle, die schon immer ein Buch schreiben wollten. Jetzt gibt es wirklich keine Ausrede mehr! **#nanowrimo**

DEZEMBER: 30-Tage-Film-Challenge

Was ist schöner, als in der kalten Jahreszeit möglichst viel zu Hause zu bleiben und jede Verabredung abzusagen mit „Sorry, ich muss eine Challenge erfüllen", um sich dann jeden Tag gemütlich einen Film anzusehen? Um es trotzdem etwas spannend zu machen, gibt es die Film-Challenges. Schau einen Schwarz-Weiß-Film, einen Film, dessen Titel mehr als fünf Wörter enthält oder einen Film, der die Goldene Himbeere gewonnen hat (eine Auszeichnung für besonders schlechte Filmkunst, sozusagen der Anti-Oscar). **#30dayfilmchallenge** oder **#magicalmoviechallenge**

Für Bücherwürmer gibt es noch besondere Challenges, wie etwa die *12-Months-Book-Challenge*. Bei dieser Challenge musst du nicht nur pro Monat ein Buch lesen, sondern auch ein Buch, welches zu einem bestimmten Thema passt. Eine super Gelegenheit, um über deinen üblichen Buchhorizont hinauszublicken und neue Geschichten zu entdecken!

CHALLENGE #4

Mach die ultimative 30-Days-Geek-Girls-Challenge

1. Erweitere deinen Geek-Horizont und informiere dich heute mal über ein Thema, mit dem du bis jetzt gar nichts am Hut hattest.
2. Wenn du ein *Star Wars*-Geek bist, schau eine Folge *Star Trek* und umgekehrt.
3. Male dir eine Blitznarbe auf die Stirn. Darauf angesprochen, tu so, als wüsstest du von nichts.
4. Schau eine Folge deines Lieblingsanimes und sing, so laut du kannst, das Intro mit.

5. Zeichne dein OTP.
6. Merke dir ein besonderes Zitat und benutze es einen Tag lang bei jeder sich bietenden Gelegenheit.
7. Schreib einen Notfallplan für die Zombie-Apokalypse.
8. Kauf ein Buch aus einem Genre, das du sonst nie liest.
9. Wenn du ein Gryffindor, eine Slytherin oder ein Ravenclaw bist, sei heute ein Hufflepuff. Wenn du ein Hufflepuff bist, feiere dich selbst, du bist wunderbar!
10. Schau deinen liebsten Disney-Film und sing so laut mit, wie du kannst.
11. Erfinde eine Sprache! Denk dir heute mindestens zehn Wörter in deiner eigenen Fantasiesprache aus.
12. Schreib einen Liebesbrief an deinen Lieblingscharakter.
13. Denk dir einen Superhelden/eine Superhedin aus.
14. Stelle ein Outfit zusammen, das von einer fiktionalen Figur inspiriert wurde.
15. Lies heute einen Comic.

16. Mach ein Foto mit Freunden, auf dem ihr Superhelden-Posen einnehmt.
17. Sei ein Star! Setz Kopfhörer auf und liefere ein Playback-Konzert ab (Zuschauer sind nicht nötig).
18. Sag einen Tag lang, wenn du etwas ablehnst: „Es tut mir leid, Dave, aber das kann ich nicht tun."
19. Erkläre jemandem, der keine Ahnung davon hat, wer in der Mos-Eisley-Cantina zuerst geschossen hat.
20. Schau einen Ghibli-Film.
21. Denk dir eine fiktive Welt aus (Name, Bewohner, Magiesystem, Politiksystem, Währung etc.).
22. Lade deine Freunde zu einem Filmabend ein, moderiere den Film an und lade anschließend zu einer Diskussionsrunde ein.
23. Fang heute damit an, 1000 Origami-Kraniche zu falten.
24. Ordne dein Bücherregal neu. Nach Alphabet, Farben, Genre, Größe oder nach heißestem Love-Interest - was immer dir einfällt.
25. Schick jemandem eine selbst gestaltete Postkarte.
26. Lerne heute etwas Neues, schau dir zum Beispiel ein Tutorial an: Programmieren, ein kompliziertes Rezept oder wie du deinen Namen in Katakana schreibst.
27. Verhalte dich heute wie ein Anime-Charakter (Das bedeutet: Übertriebene Gesten, mysteriöse Sätze im Profil sagen, ohne dein Gegenüber anzugucken, Haare ins Gesicht, Hand verschämt in den Nacken legen usw.).
28. Dreh auf! Höre heute deinen Lieblings-Soundtrack so laut, bis die Nachbarn sich beschweren. ;)
29. Halte deine Nobelpreis-Dankesrede.
30. Mach ein Foto von dir am Ende der Challenge.

Teile deine Challenge
mit dem Hashtag
#geekgirlchallenge

Ideen für meine eigene 30-Tage-Challenge

GEEK GIRL-IDOL

Dr. Beverly C. Crusher

Chefärztin der USS Enterprise

Aus Star Trek von Gene Roddenberry

GEEK GIRL-IDOL

Inej Ghafa

Spionin und Mitglied der Dregs

Aus *Das Gold der Krähen* und *Das Lied der Krähen* von Leigh Bardugo

KAPITEL 03

Geek Girls schreiben Geschichte

DREHBUCH, ROMAN, FAN-FICTION, GAME-PLOT!

Egal, ob du auf Büchern schläfst, jeden Satz deines Lieblingsfilms mitsprechen kannst oder deine Nase nicht aus Comics und Mangas bekommst, alle Geeks wissen, dass Worte die Kraft sind, die die Welt im Innersten zusammenhält. Es ist Zeit, deine eigene Geschichte zu schreiben! Egal, ob ein Plot für das beste Game, das noch nicht programmiert wurde (dafür hast du noch Zeit), eine romantische Fan-Fiction, die erste Szene deines eigenen Films oder das erste Kapitel deines eigenen Fantasyromans – rühr die Tinte an, hol deine schönste Schreibfeder raus und leg los!

Eine kleine Übersicht über verschiedene Textarten sowie ein paar Tipps, worauf du achten solltest bei Schreiben, sollen dir den Einstieg ins Autorendasein erleichtern.

COFFEE
Shop

GAME-PLOT Das Erstellen von Spielen nennt man Game-Design und das ist – halt dich fest – ein echter Beruf, den man sogar an Unis studieren kann! Um ein Spiel zu entwerfen, ist es nicht nötig, dass du HTML deine Zweitsprache nennst. Game-Designer und -Designerinnen sind vielmehr die kreativen Köpfe, die sich die grundlegende Geschichte eines Games ausdenken: Also den Plot, die Figuren, die Aufgaben und das Ziel. Aus einer groben Idee kann dann die bunteste und spannendste Open-World oder das kniffligste Point-and-Click-Adventure entstehen. Alles, was es braucht, sind Fantasie und Mut! Kreiere das Spiel, das du schon immer spielen wolltest!

FAN-FICTION Das böse Wort mit F! Wohl kaum eine andere Form der Literatur wird so kritisch beäugt und gerne verlacht. Die Wahrheit ist, so manch große Autorinnen und Autoren haben ihre Schreibkarriere sogar mit Fan-Fictions gestartet! Sogar die berühmteste Liebesgeschichte aller Zeiten ist eine Fan-Fiction! Oh ja, für *Romeo und Julia* hat sich Shakespeare von dem Gedicht *The Tragicall Historye of Romeus and Juliet* inspirieren lassen und ja, er hat sich nicht einmal die Mühe gemacht, die Namen zu ändern. Kurz gesagt: Wenn du Fan-Fiction schreibst, bist du in alleredelster Gesellschaft! Fanfictions sind Geschichten von Fans über Charaktere aus Fandoms. Hier ist alles möglich und sind keine Grenzen gesetzt: Es geht um Cross-over, Pairings, Ships, OTPs, Fluff und Smut! Lass deiner Fantasie freien Lauf!

DREHBUCH Drehbücher von Filmen oder Serien konzentrieren sich auf in der Regel auf Dialoge. Alles dazwischen wird bildlich, aber kurz und knapp beschrieben, denn die wahre Magie erscheint durch die Umsetzung auf der Leinwand. In einem Drehbuch schreibst du sozusagen Bilder, Filme sind ja nichts anderes als eine lange Reihe von Bildern. Die berühmte Regisseurin und Drehbuchautorin Sofia Coppola, übrigens erst die dritte Frau, die jemals für einen Oscar als beste Regisseurin nominiert wurde, hat einen goldenen Tipp: „Ich versuche mir vorzustellen, was ich gerne sehen würde“. Also nur Mut, lass deine Figuren sprechen und schreib einen dramatischen, lustigen oder romantischen Dialog. Beginne zum Beispiel so: *Es ist Nacht und ein Sturm zieht auf. Der Wind schaukelt das Schiff hin und her. Eine Öllampe schwingt im Wind. Plötzlich erklingen schwere Schritte auf dem Deck und …*

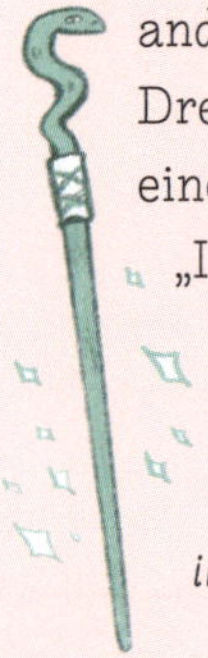

Schreibtipps für deine Geschichte

1 Wer ist die Hauptfigur? Wie sieht sie aus, welche Hobbys hat die Figur, wobei bekommt deine Figur weiche Knie und wo stellen sich ihr die Nackenhaare auf? Was ist ihr Lieblingsessen und was ist ihr dunkles Geheimnis?

2 Wähle ein Setting! Wo spielt deine Geschichte? In einer Fantasy-Welt, einem Alternativen Universum (AU) oder in unserer realen Welt?

3 Gibt es ein Magiesystem und wenn ja, versuche es kurz zu beschreiben. (Z. B.: Gibt es Elementmagie, Zaubersprüche und kann man die Magie lernen oder wird sie vererbt?)

4 Welches ist dein Hauptgenre – Action, Fantasy, Romantik? Oder erfindest du vielleicht ein vollkommen neues Genre?

5 Lass deiner Fantasie freien Lauf, es ist deine Geschichte und es gibt keine Regeln! Erlaube dir alles. Egal, ob verliebte Zauberer in Fan-Fictions, eine mutige Rebellin mit einem dunklen Geheimnis in einem dystopischen Roman oder ein Videospiel-Held, der jedem Klischee widerspricht, sei mutig und schamlos, junge Autorin! Geschichten geben uns die Freiheit, genau das zu schreiben, was wir gerne lesen würden, und da ist alles erlaubt.

6 Lass dich ruhig von anderen inspirieren, aber kopiere keinen Stil und schreib nur, was dir Spaß macht. Denn darum geht es beim Schreiben: nicht darum, den nächsten Literaturnobelpreis zu gewinnen, sondern darum, Spaß zu haben. Also mach dir nicht zu große Gedanken um einzelne Sätze. Schreib einfach los!

ANGST VOR DEM WEIßEN BLATT?

Eine gute Übung, um eine Schreibblockade zu überwinden, ist folgende: Stelle dir eine Stoppuhr auf fünf Minuten, setze deinen Stift an und beginne mit Start des Countdowns zu schreiben. Völlig egal was, selbst wenn du zunächst nur schreibst: „Ich weiß überhaupt nicht, was ich schreiben soll“. Aber höre nicht auf zu schreiben. Du wirst merken, die Blockade wird sich lockern! :)

Charakterbogen für deinen Helden/deine Heldin

Hier hast du Platz, um die Hauptperson deiner eigenen Geschichte zu entwerfen!

SO HEIẞT MEINE HAUPTPERSON:

IHR SPITZNAME:

DIE GESCHICHTE HINTER DEM SPITZNAMEN:

SO ALT WIRKT MEINE HAUPTPERSON:

GESCHLECHT:

HAARFARBE:

GRÖẞE:

AUGENFARBE:

BERUF:

DAS LIEBT MEINE HAUPTPERSON:

DAS HASST MEINE HAUPTPERSON:

DIE GRÖẞTE ANGST MEINER HAUPTPERSON:

GUTE EIGENSCHAFTEN:

SCHLECHTE EIGENSCHAFTEN:

EIN DUNKLES GEHEIMNIS:

Hier kannst du deine Hauptperson zeichnen:

Schreib Geschichte!

Leg los und warte nicht!

GEEK GIRL-IDOL

Jo March

Schriftstellerin

Aus Betty und ihre Schwestern/Little Women von Louisa May Alcott

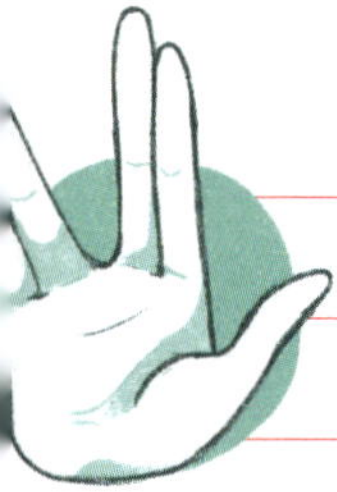

MEINE Herzensbücher:

Und hier ist Platz für die Titel von Büchern, die du einmal schreiben wirst, fiktive Namen und Notizen.

KAPITEL 04

Let's go party

WIE DU EINE LEGENDÄRE NERD-PARTY SCHMEIẞT

Das Serienfinale steht an? Ein neuer Band eurer Lieblingsbuchreihe erscheint? Du hast deinen Lieblingsfilm schon viel zu lang nicht mehr gesehen? Mach eine Party draus! Nichts macht mehr Spaß, als mit deinen Freundinnen zusammen eurem Geekdom zu huldigen! Aber Obacht – eine gute Nerdparty bedarf minutiöser Planung! Deswegen gibt es hier die ultimative Anleitung für eine Party, über die man auch in weit entfernten Galaxien und fernen Zeiten noch reden wird!

GOoDOMENS

Tipps für deine Party

DAS THEMA: Natürlich das Wichtigste: Unter welchem Motto steht die Party? Geht es um Qudditch und Zaubertränke, einen bestimmten Film, Disney, Ghibli, K-Pop oder wird es eine Menge Lembasbrot zu essen geben?

DER ANLASS: Feiert ihr den Geburtstag eines Crewmitglieds? Zelebriert ihr gemeinsam ein Serienfinale? Steht Halloween vor der Tür oder wird es einfach eine Party zu eurem liebsten Fandom, denn im Ernst: Wer braucht schon Anlässe zum Feiern?

DIE EINLADUNG! Eine formlose WhatsApp-Nachricht oder eine Mail schreiben? Kann man machen, ist aber ziemlich langweilig! Lass dich von deinem Thema inspirieren! Wie wäre eine Pergamentrolle? Ein mit einem Wachssiegel verschlossener Brief oder ein Rätsel, das deine Gäste erst einmal lösen müssen, um die Einladung zu entschlüsseln? Lass dich inspirieren, denn eine gelungene Party beginnt schon vor dem eigentlichen Fest. ;)

SPEISEN: Keine Party ohne ein Festmahl! Auch hier gilt: Deiner Fantasie sind keine Grenzen gesetzt! Im Internet findest du unendlich viele Rezeptideen zu so gut wie jedem Thema. Zu *Pokémon*, *Harry Potter* oder *Dr. Who* gibt es sogar Kochbücher! Aber du musst dir nicht unbedingt die Mühe machen und eine frei schwebende TARDIS-Torte backen (auch wenn das grandios wäre!). Manchmal kann man auch die einfachsten Gerichte mit ein bisschen Fantasie und dem passenden Geschirr aufwerten– und natürlich kann ein bisschen

Magie auch nicht schaden. Fülle bunte Bonbons, Schokolade oder Weingummi in schöne Einmachgläser und bastele Etiketten dazu, schon wähnen sich deine Gäste im Honigtopf. Auch einfache Neubetitelungen können normale Gerichte spannend machen: „Iron Mans Nudelsalat - garantiert selbst gemacht“, „Daily-Bugle-Esspapier“ oder „"Grüne-Pesto-Spaghetti à la Hulk"“. Ihr macht einen Anime-Abend? Kocht zusammen japanischen Curryreis, Ramen oder Okonomiyaki und schon haben auch deine Gäste was zu tun und es wird nicht langweilig.

GETRÄNKE: Einfach nur Limo und Cola? Langweilig! Bastle Labels für die Getränkeflaschen, die zum Motto deiner Party passen! So wird aus schnödem Apfelsaft mit einem hübschen Label oder einer Menükarte mal eben Honigwein aus Mittelerde. Traubensaft ist natürlich Blut, den weder Edward Cullen noch Graf von Krolock ablehnen würden und wenn du es noch kreativer magst, kannst du eigene leckere Rezepte kreieren. In der Rezepte-Ecke auf Seite 64-67 sind einige Ideen zusammengestellt.

DIE DEKO: Die Dekoration ist natürlich essenziell für eine gute Party! Aber auch hier gilt: Du brauchst nicht Galleonen, Sickel und Knut, aber etwas Fantasie – das wäre gut! (frei nach Albus Dumbledore) Vom Tischset über bunte Fahnen bis hin zu Konfetti und prunkvollen Krügen, aus denen die Gäste edelsten Met – äh, Apfelsaft – schlürfen: Du kannst so vieles selbst basteln! Aus Pappe und ein paar Gold- und Silberstiften lassen sich tolle Banner als Wandbehang basteln. Schöne Krüge und Gläser finden sich sicherlich in alten Kisten auf dem Speicher und wenn du keine edle Karaffe hast, tut es auch eine schöne Blumenvase (vorher ausspülen!). Wichtig ist, dass du den Spirit deines Partythemas einfängst. Niemand erwartet, dass du Beutelsend nachbaust, aber eine hübsche Tischdecke, Blumen, ein goldener Ring, eine Auswahl an Käse, serviert auf einem rustikalen Holzbrett, und dazu etwas Traubensaft – äh, natürlich edelster Elbenwein – in schönen Gläsern und schon fühlt man sich fast wie in einer Hobbithöhle, oder nicht?

MUSIK: Überlass nichts dem Zufall! Zu einer Party gehört natürlich Musik, aber einfach nur Radio anmachen? Nein, beeindrucke deine Gäste mit einem auf die Party zugeschnittenen Soundtrack. Ein passender Filmsoundtrack oder Game-Score oder eine selbst zusammengestellte Playlist. Vielleicht entdeckst du dabei auch noch neue Songs und tolle Musik! Wenn du dich so richtig in das Thema reinfuchsen willst, mach es wie in der guten alten Mixtape-Zeit – aber online! Erstelle eine eigene YouTube-Playlist mit passenden Liedern und damit hast du auch gleich schon Videos, die während deiner Party beispielweise auf einem Bildschirm ablaufen können.

MUSIKTIPP:

Die beiden Schwestern Hannah und Hillary Hindi veröffentlichen auf ihrem YouTube-Kanal *The Hillywood Show* grandiose musikalische Parodien zu berühmten Filmen und Serien wie *Dr. Who, Sherlock, Der Herr der Ringe* oder *Supernatural*! Unbedingt ansehen!

Meine GPP:

GEEK-PARTY-PLAYLIST

Spiele

Neben reinen Spieleabenden, zum Beispiel einer Gaming-Party, einem feierlichen Pen-and-Paper-Treffen oder einer kniffligen Kartenspiel-Battle, kannst du natürlich auch zwischendurch die Stimmung mit Partyspielen auflockern! Wie früher beim Kindergeburtstag? Na und – hat das nicht damals ziemlich viel Spaß gemacht? Es muss ja nicht gleich Topfschlagen sein, aber warum nicht eine Nerd-Wichtelparty zu Weihnachten machen, zu der ihr euch nerdige Überraschungsgeschenke macht? Oder kleine Quizspiele für deine Gäste, während du die Poké-Pizza aus dem Ofen holst?

WÜRDEST DU EHER ...?

Würdest du eher ...? ist ein lustiges Spiel, das schnell die Stimmung auflockert und zudem einiges über die Spieler*innen aussagt. Dabei werden mal mehr, mal weniger schwierige Entscheidungsfragen auf Zettel geschrieben, die klassischerweise aus einem Hut (Mütze, Schüssel oder Kessel geht auch) gezogen und beantwortet werden müssen. Zum Beispiel:

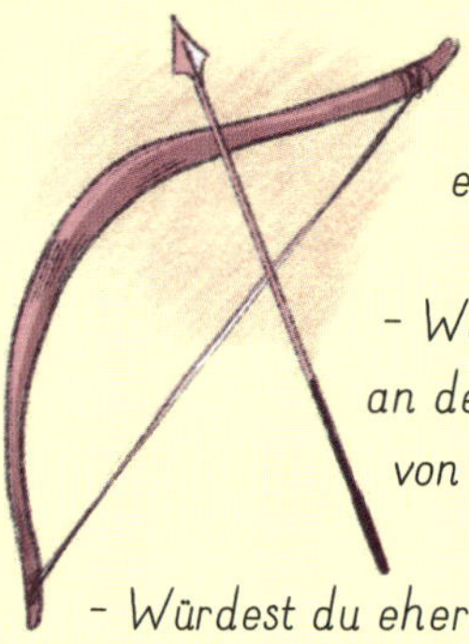

- *Würdest du eher eine Nase wie Lord Voldemort oder nur eine Hand wie Peter Pettigrew haben?*
- *Würdest du eher mit ausreichend Essen, aber ohne Waffen an den Hungerspielen teilnehmen oder ohne Beine in der Welt von The Walking Dead leben?*
- *Würdest du eher fliegen, aber nicht landen können, oder für immer unsichtbar sein?*

DER KLASSIKER: WER BIN ICH?

Jeder kennt es und das aus gutem Grund. Das uralte Partyspiel lockert jede Party auf, wenn es langweilig werden sollte. Es ist so alt wie einfach: Jeder Gast erhält ein Post-it, auf das die Mitspieler*innen eine fiktive oder reale Person schreiben. Die Post-its werden verdeckt an die Person neben sich weitergereicht und dann an die eigene Stirn geklebt, sodass jeder einen fremden Namen auf seinem Zettel stehen hat, den alle sehen außer man selbst. Reihum werden nun Fragen gestellt, die die Gefragte nur mit „Ja" oder „Nein" beantworten darf. Bei „Ja" darf der Fragende weitere Fragen stellen, bei „Nein" ist der nächste Gast an der Reihe.

NERDWICHTELN:

Nerdwichteln ist im Grunde wie Schrottwichteln, aber es gibt die Regel, dass die Geschenke auf irgendeine Art nerdig sein müssen. Beispielsweise kannst du alte Spielkarten, Merchandise wie Figuren oder Plüschis oder alte Mangas oder Comics verwichteln. Du kannst daraus auch eine kleine Tombola mit nerdigen Gewinnen machen. Das wird zweifellos das Highlight deiner Party werden und für Spannung sorgen. Verbinde es mit einem Kartenturnier oder einer Spielerunde und du wirst sehen, dass deine Gäste auf einmal so motiviert sein werden wie Pokémon-Go-Spieler beim Eierausbrüten.

ANIMERATEN!

Ein weiterer Klassiker unter den Partyspielen! Unter den Stichworten „Animeraten" findest du bei YouTube Playlisten mit den Intros mehr oder weniger bekannter Animes. Jetzt geht es darum, wer als Erstes errät, um welchen Anime es sich handelt. Ihr werdet sicherlich viel lachen und die eine oder andere Nostalgieträne verdrücken.

Rezepte-Ecke

GETRÄNKE

Der „Pummeluff"

ZUTATEN

- 2 Wassergläser
- Pink-Grapefruitsaft-Saft
- Wasser
- Flüssige Lebensmittelfarbe in Pink und Lila
- Zitronenlimonade
- Eiswürfelform
- Brausepulver Himbeergeschmack

UND SO GEHT'S

Fülle je 250 ml Pink-Grapefruitsaft und Wasser in je zwei Gläser. Färbe das Wasser mit der lila Lebensmittelfarbe leicht ein, sodass du ein zartes Lila erhältst. Verstärke mit der pinken Lebensmittelfarbe das Pink des Grapefruitsafts. Jetzt hast du ein Glas pinken Saft und ein Glas lila Saft. Befülle mit beiden Säften den Eiswürfelbehälter, sodass du nach dem Einfrieren pinke und lila Eiswürfel hast.

Bereite den Cocktail zu: Verteile das Brausepulver auf einen Teller. Bestreiche den Rand deiner Gläser mit Wasser und drücke sie vorsichtig in die Brause, sodass der Trinkrand mit Brause dekoriert wird.

Fülle die Gläser dann mit deinen pinken und lila Eiswürfeln, bis sie voll sind, und fülle vorsichtig mit Zitronenlimonade auf. Fertig!

Bestes Butterbier

WIE BEI HARRY POTTER

Ergibt 1 großes Butterbier

ZUTATEN

- 1 Topf
- 250 ml Milch
- 50 ml Sahne
- 125 ml Malzbier
- ½ Vanilleschote
- ½ TL Zimt
- ¼ Päckchen Vanillezucker

UND SO GEHT'S

Koche Milch, Sahne, Vanillemark, Zimt und Vanillezucker kurz auf. Nimm den Topf direkt vom Feuer und gib das Malzbier dazu. Wärme alles noch mal kurz auf. Gib alles in Kelche oder feuerfeste Gläser und garniere auf Wunsch mit Schlagsahne. Bei Merlins Bart, ist das lecker!

Flüssiger Regenbogen

ETWAS KNIFFLIG, ABER TOLL!

ZUTATEN

- 1 großes Glas
- Mangosaft (alternativ Orangensaft)
- Granatapfelsirup
- Mineralwasser mit ganz viel Kohlensäure
- Flüssige blaue Lebensmittelfarbe
- Esslöffel
- Brausepulver

UND SO GEHT'S

Bestreiche zunächst den Glasrand rundherum mit Wasser. Gib das Brausepulver auf einen Teller und drücke den Glasrand vorsichtig darauf, sodass das Brausepulver daran kleben bleibt.

Verrühre nun ganz langsam (damit die Kohlensäure erhalten bleibt) die blaue Lebensmittelfarbe in dem Sprudelwasser, bis es blau ist. Gib dann als Erstes den Mangosaft in das Glas. Halte dann den Esslöffel knapp unter die Oberfläche des Mangosafts an den Rand des Glases und lasse vorsichtig den Granatapfelsirup über den Löffel ins Glas laufen. Der Sirup ist schwerer als der Saft und fließt nach unten. Verfahre genauso mit dem blauen Mineralwasser. Die Kohlensäure ist leichter und somit entstehen eine grüne und eine blaue Ebene. Fertig!

Hier ist Platz für Rezept-Ideen

Rezepte-Ecke

SPEISEN

DIY-Schoko-Schnatze

DU BRAUCHST

- In Gold verpackte Schokokugeln (z. B. Rocher)
- Weißes Papier
- Mehrere Zahnstocher
- Schere
- Kleber

UND SO GEHT'S

Schneide aus dem Papier die Formen zweier kleiner ovaler Blätter aus. Schneide je beide Seiten in gleichmäßigem Abstand bis kurz vor die Mitte ein. Gib eine dünne Menge Klebstoff auf die Mitte, leg den Zahnstocher darauf und klappe beide Seiten zusammen, sodass beides einen Flügel ergibt. Nun stecke die Flügel rechts und links in die goldene Schokokugel und voilà, ein Schnatz.

Pokéball-Pizza

UND SO GEHT'S

Rolle den Pizzateig aus und schneide ihn rund aus. Benutze dafür zum Beispiel eine Springform als Schablone. Verteile erst die Tomatensauce auf der Pizza und streue dann reichlich Käse auf die gesamte Pizza. Verteile dann nur auf der oberen Hälfte dicht an dicht die Salamischeiben, sodass die obere Hälfte komplett rot aussieht. Stelle mit den Oliven in der Mitte den schwarzen Verschluss des Pokéballs nach. Backe die Pizza nach Packungsanleitung und trink dazu einen „Pummeluff". Itadakimasu!

ZUTATEN

- Fertigen Pizzateig aus dem Kühlregal (mit Tomatensauce)
- Pizzakäse (viel!)
- Salami
- Schwarze Oliven
- Fleischlose Alternative: Vegane Salami oder rotes Gemüse, wie Paprika oder
- kleine Cherrytomaten

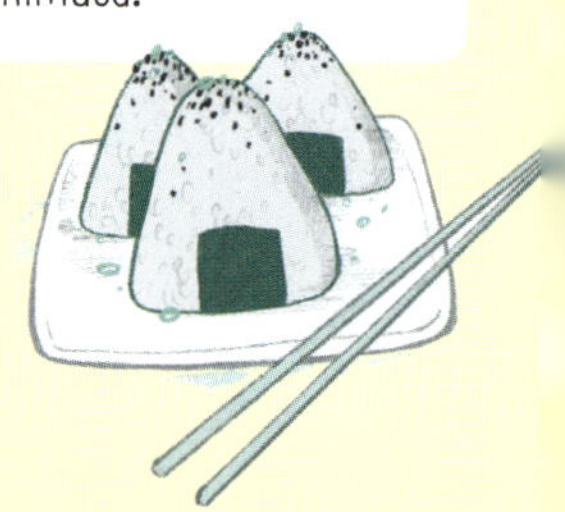

Rußmännchen-Plätzchen

ZUTATEN

- 230 g Mehl
- 20 g Kakaopulver
- 2 Eier
- 100 g Zucker
- 1 Pck. Vanillezucker
- 180 g Butter (kühl)
- 1 Prise Salz
- Zartbitterkuvertüre
- Optional: schwarze flüssige Lebensmittelfarbe
- Zartbitterstreusel
- Weiße Kuvertüre
- Zuckerdekor (optional)

Susuwatari oder Rußmännchen heißen die winzigen geheimnisvollen Wesen aus *Mein Nachbar Totoro* und *Chihiros Reise ins Zauberland*. Du kannst sie ganz einfach selber machen, mit diesem Rezept:

UND SO GEHT'S

Alle Zutaten zügig mit den Händen zu einem glatten Teig verkneten und zu einer Kugel formen. Diese in Frischhaltefolie wickeln und 30 Minuten kaltstellen. Anschließend nicht zu dünn ausrollen und kleine Kreise ausstechen (z.B. mit einem Eierbecher). Auf einem mit Backpapier ausgelegten Blech nicht zu dicht platzieren und bei 200 °C Ober- und Unterhitze 12 Minuten backen. Vollständig auf einem Rost abkühlen lassen und in der Zwischenzeit die Zartbitterkuvertüre über dem Wasserbad schmelzen. Optional schwarze Lebensmittelfarbe daruntermischen, um die Schokolade noch dunkler zu färben. Die Plätzchen damit großzügig bestreichen und mit Streuseln bestreuen (dadurch sehen sie so fluffig aus wie im Film). Wieder gut trocknen lassen und währenddessen die weiße Schokolade schmelzen. Vorsichtig kleine Kreise als Augen auf die Plätzchen malen und mit einem Tupfer dunkler Kuvertüre die Pupillen hinzufügen. Benutze dazu am besten einen Zahnstocher. Verteile den Zuckerdekor vereinzelt auf die Kekse, um die kleinen Sterne anzudeuten, die die Rußmännchen in *Chihiros Reise ins Zauberland* verputzen.

TIPP: Benutze Reagenzgläser statt normaler Trinkgläser! Diese witzige Alternative wird deinen Gästen hundertprozentig im Gedächtnis bleiben! Achte nur darauf, dass die Reagenzgläser einen flachen Boden haben, damit du sie abstellen kannst. Solche Reagenzgläser findest du in gut sortierten Bastelläden, in einigen Apotheken oder im Internet.

Mein Partyplan

DIESES EPISCHE THEMA WIRD DIE PARTY HABEN:

DIESE DEKO PLANE ICH:

UND DIESE MUSIK WIRD BIS ZUM ANSCHLAG AUFGEDREHT:

DIESE SPIELE SOLLEN MEINE GÄSTE UNTERHALTEN:

MEIN BACKUP-PLAN, FALLS DEN GÄSTEN LANGWEILIG WIRD:

DIESES FESTMAHL WIRD ES GEBEN:

UND DIESE ZAUBERTRÄNKE DÜRFEN NICHT FEHLEN:

DAS IST DER DRESSCODE:

Checkliste (WIRKLICH AN ALLES GEDACHT?)

- Habe ich alle Zutaten für das Essen besorgt?
- Benötige ich vegane oder vegetarische Alternativen?
- Habe ich noch genug Klopapier?
- Habe ich genug Raben oder Eulen, um alle Einladungen rechtzeitig zu verschicken?
- Falls es später oder lauter wird: Habe ich einen Warnzettel für die Nachbarn vorbereitet und ausgehängt?

GEEK GIRL-IDOL

Éowyn von Rohan

Schildmaid und Bezwingerin des mächtigsten Hexenmeisters von Mittelerde

Aus *Der Herr der Ringe* von J.R.R. Tolkien

Fotogalerie

ERINNERUNGEN AN DIE BESTE GEEK-PARTY ÜBERHAUPT!

KAPITEL 05

Geek Girls und wo sie zu finden sind!

Leider gibt es IRL zwar keine Winkelgasse (ja, es ist hart…), aber wenn du dich aufmerksam umschaust, finden sich viele Orte, an denen du andere Geeks treffen und kennenlernen kannst! Egal, ob du erst noch andere Geeks kennenlernen möchtest und nicht genau weißt, wo du Gleichgesinnte finden kannst, oder auf der Suche nach neuen Abenteuern bist – join the quest! Hier findest du eine Liste mit magischen Orten, nerdigen Veranstaltungen und großartigen Szenen, die du vielleicht noch nicht kennst und wo du dich zweifellos zu Hause fühlen kannst.

Intergalaktische und magische Orte
FÜR GEEK GIRLS IRL

TEAM BUCH-GEEKS
Comic- und Mangaläden

Comic- und Mangaläden sind natürlich in erster Linie die besten Orte, um dich mit dem neuesten Lesefutter einzudecken. Aber neben allem, was man hier käuflich erwerben kann, lohnt es sich auch, sich nach Aushängen oder Flyern umzusehen. Die meisten Läden haben kleine Ecken, in denen Werbung für Veranstaltungen ausliegt, die auf jeden Fall nerdig sind und eventuell sogar etwas mit deinem Hobby zu tun haben. Und auch wenn du dich nicht für Comics oder Mangas interessieren solltest, lohnt sich ein Besuch dieser Läden. Sie sind in jeder Stadt schlichtweg der Anlauf- und Treffpunkt für Geeks und Nerds im Allgemeinen, sodass du nicht nur Informationen über Events, Clubs oder Konzerte finden, sondern eventuell sogar neue Bekanntschaften machen kannst. Viele Comic- oder Mangaläden veranstalten auch Feierlichkeiten direkt in ihren Läden, seien es Spieleabende, Autogrammstunden oder Lesungen – es lohnt sich, dort regelmäßig vorbeizuschauen. Und sei es nur, um mal wieder den unvergleichlichen Duft von viiiiel Tinte auf Papier zu schhnüffeln!

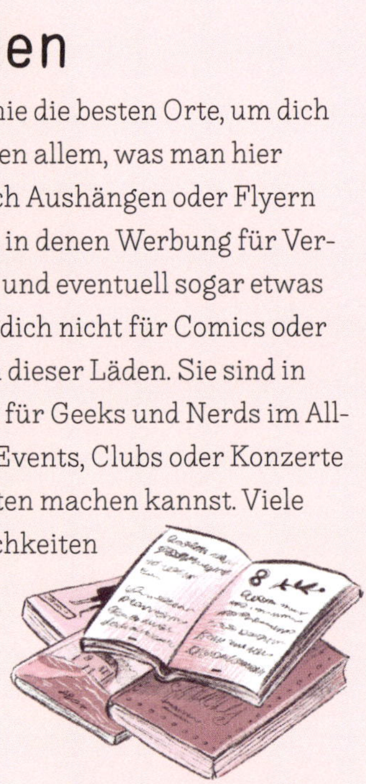

Filmpremieren/Kino-Specials

Eins ist klar: Wer sich freiwillig in lange Schlangen stellt, um sich schon vor dem regulären Kinostart die neueste *Star Wars*-Episode anzusehen, sich alle drei *Herr der Ringe*-Teile in einer Marathon-Movie-Night reinzieht oder sich kein Anime-Special-Event im örtlichen Programmkino entgehen lässt, der ist vom Nerdtum nicht weit entfernt. Und damit sind solche Events die beste Gelegenheit, Leute kennenzulernen. Sich entsprechend zu kleiden, gehört natürlich dazu und ist gern gesehen. Der neue Film aus der *Wizarding World* steht an? Zeig deinen Hausstolz und du wirst ganz sicher schnell mit anderen HP-Fans ins Gespräch kommen. Aber auch Hobbits und Elben wurden schon bei Hobbit-Extended-Previews gesichtet – völlig legitim. Neben den Mega-Kinos, in denen du zu jedem Event auch das passende *Star Wars*-Popcorn-Menü mit gratis R2D2-Colabecher für sündhaft viel Geld bekommst, lohnt es sich auch, stets die Programme kleiner unabhängiger Kinos im Auge zu behalten. Denn nur dort kann man Independent-Filme sehen (zum Beispiel von Fantasy-Filmfestivals), die es nicht in die großen Kinos schaffen, oder alte Klassiker auf der Leinwand erleben.

Zombie-Walks

Jepp, es ist das, wonach es klingt: Bei Zombie-Walks trifft man sich, verkleidet und geschminkt als Zombie, befällt die Innenstädte und genehmigt sich ein bisschen frisches Spießbürgerhirn. Nein, Scherz. Ursprünglich kommt der Spaß aus den USA und wird seit 2006 auch in Deutschland immer beliebter. Zombie-Walks haben meist einen Flashmob-Charakter und finden häufig im Rahmen von Filmfestivals statt. Gibt es einen Sinn dahinter? Nun, nicht zwingend. Spaß haben und ein bisschen den grauen Alltag aufzumischen sind Grund genug. Hin und wieder werden Zombie-Walks auch zu Demos. Neben ironischen Themen, wie „Occupy the Living", wurden Zombie-Walks auch immer wieder genutzt, um beispielsweise auf Themen wie den Welthunger aufmerksam zu machen.

In der Regel sind sie aber nur ein großer Spaß für alle Beteiligten und ein Statement gegen Konformität. Ob du nun *Walking Dead*-Fan oder *In the Flesh*-Suchti bist (#BringBackInTheFlesh), hier wirst du Gleichgesinnte finden! Infos zu Terminen für Zombie Walks findest du u.a. auf den Facebook-Seiten der Events. Die etablierten Zombie Walks in großen Städten haben in der Regel eigene Homepages.

TEAM FANTASY-GEEKS

Mittelaltermärkte, -festivals & LARP

Warst du als Kind mal auf Mittelaltermärkten und warst völlig fasziniert von den Ritterspielen, den Gewändern und dem historischen Ambiente? Mittelalterfeste sind nicht nur etwas für Kinder und Leute, die „Gehabt Euch wohl!“ zu ihrem alltäglichen Wortschatz zählen (auch wenn dagegen nichts einzuwenden ist)! Es gibt unzählige vielseitige Mittelalterveranstaltungen. Von traditionellen Ritterspielen über Fantasyfeste, wo Feen zusammen mit Piraten Met schlürfen, bis hin zu mittelalterlichen Weihnachtsmärkten mit Feuershows und Glühwein, pardon, Drachenblut. In der Mittelalterszene ist jeder willkommen, der friedlich ist – egal, ob du in authentischer Gewandung und mit deinem eigenen Heerlager anreist oder gerade die letzte Staffel *Vikings* geschaut hast und zum ersten Mal einen solchen Markt besuchst – Mittelaltermärkte und -festivals sind für jeden etwas. Verlasset Euch darauf, es wird Euch zum Spaße gereichen!
Ein Level up ist da schon das sogenannte Life-Action-Role-Play, kurz LARP. Beim LARP entwickeln die Spieler*innen wie Schauspieler eine Rolle, inklusive Kostüm und eigener Lebensgeschichte, und verabreden sich mit anderen LARPern, um mittelalerliches Leben oder fantastische Schlachten mehr oder weniger authentisch nachzuspielen. Im Grunde ist LARP wie Ritterspielen als Kinder, nur sehr viel aufwändiger und mit besseren Kostümen. Kurz, es ist großartig!

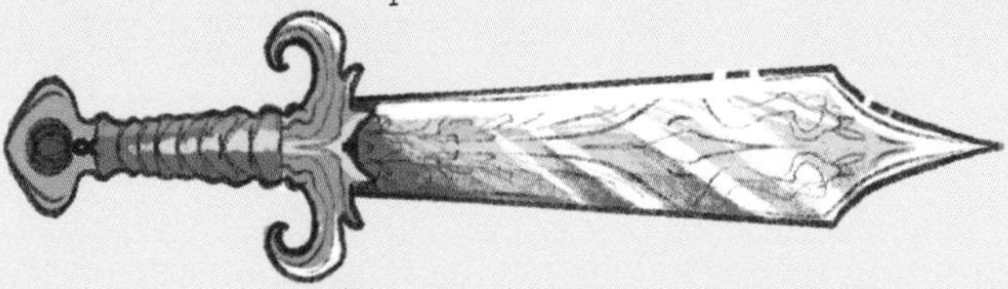

Gaming-Bars und Game-Shops & Spielefachgeschäfte

Früher war die Suche nach Game-Shops und vor allem Gaming-Bars so knifflig wie die Suche nach den sieben Dragon-Balls. Mittlerweile gibt es Game-Shops in vielen Städten immer häufiger – und du findest dort nicht nur Games für PC und Konsolen sowie Pen-and-paper-Zubehör, sondern dort werden auch oft Spielrunden und Fantreffen veranstaltet.
Gaming-Bars sind in etwa noch so rar gesät wie Katzen-Cafés, aber in größeren Städten findet man sie immer häufiger. Hier kannst du dir nicht nur Drinks genehmigen und mit deinen Freunden und Freundinnen bis tief in die Nacht kickern und Retro-Brettspiele spielen, bis die Würfel glühen, sondern auch die epischste Super-Mario-Party ever veranstalten. Manche Gaming-Bars bieten auch Kinosäle, VR-Brillen oder Musik- und Tanzspiele. Ein Gaming-Abend mit Gleichgesinnten in Bar-Atmosphäre – ein Besuch lohnt sich!

Geocaching

Geocaching ist Schnitzeljagd 2.0. und ein derart nerdiges Game, dass es schon längst Kult ist. Mithilfe des Smartphones oder eines GPS-Empfängers nutzt man Satellitenpower, um anhand geographischer Daten ... eine Tupperdose zu finden. Zugegeben, es klingt etwas verrückt, aber Geocaching ist wie eine Mischung aus Abenteuer, Detektivspiel und Schatzsuche deluxe. In den von völlig Fremden hinterlegten wasserdichten Behältern liegen kleine Geschenke (Spielzeug, Würfel usw.) und ein Logbuch. Wer einen Geocache gefunden hat, darf sich eines der Geschenke nehmen und ersetzt es durch ein eigenes mitgebrachtes Geschenk. Im Logbuch wird der Tag des Fundes sowie der Tausch dokumentiert, später wird alles online festgehalten. Die Geocaching-Community ist riesig und wächst immer weiter. Ach ja, Nicht-Geocacher nennt man Muggel, von denen man sich natürlich nicht erwischen lassen darf.

TEAM OTAKU/K-POP-GEEK

Kulturfeste

Ob der legendäre Japantag in Düsseldorf mit japanischem Feuerwerk und einer ganzen Armee von Cosplayern oder das Hanami-Festival in Hamburg, wo das Kirschblütenbetrachten gefeiert wird, es gibt immer mehr Kulturfeste. Sie werden meistens von der jeweiligen städtischen Community der jeweiligen Länder veranstaltet. Gerade japanische Kulturfeste sind großartige Gelegenheiten, um andere Geeks kennenzulernen und auch koreanische Feste nehmen immer mehr zu. Dort gibt es Cosplay- und Zeichenwettbewerbe, Konzerte von J-Pop- und K-Pop-Künstler*innen und so viele köstliche Spezialitäten, dass man am besten mit leerem Magen losgeht und sich den ganzen Tag von einem Stand zum nächsten futtert (Takoyaki und Hotteok sind ein Muss!).

Messen

Messen, die sich gezielt an Geeks und Fans richten, haben sich über die Jahre zu regelrechten Festivals der Nerdszene gemausert. Vor allem die beiden größten deutschen Buchmessen: Die Leipziger Buchmesse im Frühjahr und die Frankfurter Buchmesse im Herbst sind mittlerweile zum Szene-Festival der Cosplayer geworden. Die Comic- und Mangaverlage füllen dort schon längst eigene Hallen. Mit Merchandise, Cosplay, Signierstunden berühmter Mangaka und Konzerte lassen sie den Rest der Messe nur fassungslos staunend danebenstehen. Und während Cosplayer und Buch-Geeks auf Buchmessen feiern, pilgern Gamer und Nerds einmal im Jahr zur Gamescom nach Köln, die sich innerhalb weniger Jahre zur größten internationalen Games-Messe hochgedaddelt hat! Wer bis jetzt noch dachte, Gaming sei das Hobby von ein paar Kids in ihren Kinderzimmern, dem kann man nur sagen: „You still know nothing, Jon Snow!"

CONVENTIONS

Last, but oh, so important: Cons!

Conventions sind Veranstaltungen zu bestimmten festen Themen (z.B. Anime- und Manga-Conventions, Film-Conventions und Comic-Conventions) oder ungewöhnliche Veranstaltungen wie das MerFest in Michigan, bei dem sich echte Meerjungfrauen und -männer treffen. Richtig gehört. Aber wie kommt man zu einer Convention, braucht man einen Besen, um anzureisen und wie überlebt man sie? Lies weiter und finde es heraus …

KAPITEL 06

Willkommen in El Geekdorado: Conventions!

CON

Es ist Sommer und über Mannheim knallt die Sonne vom Himmel. Die ganze Stadt ist fest in der Hand bunter fröhlicher Menschen. Helden und Heldinnen laufen durch die Straßen, Schulmädchen und Krieger stehen an den Ampeln und lassen die Einwohner verwundert dreinschauend hinter sich. Anime- und Mangafans, Cosplayer und Geeks sind aus ganz Deutschland und Europa zur größten deutschen Convention, der Animagic, angereist. Die Stimmung ist bestens. Auf der Treppe zum Kongresscenter posieren Charaktere aus My Hero Academia neben einer Gruppe Sailor-Kriegerinnen. Naruto fällt quietschend vor Freude einem Ruffy in die Arme und eine Gothic Lolita im schwarzen Kleid und mit blassem Gesicht zeichnet in ein Con-Hon. Japanische Worte fliegen durch die Luft, mal richtig, mal falsch ausgesprochen, aber das ist egal. Menschen, die sich vielleicht nur von Social-Media-Plattformen kennen, treffen sich hier zum ersten Mal und besiegeln ihre Freundschaft mit Schokoladen-Pocky. Drinnen ist es kühler. Die Klimaanlagen laufen auf Hochtouren und untermalen den Klangteppich aus Gelächter, Stimmengewirr und japansicher oder koreanischer Popmusik. Es riecht nach Lack, Haarspray und ein bisschen Zuckerwatte. Unzählige Stände säumen die Flure. Plastikkisten voller Mangas und Dojinshis drängen sich neben den selbst genähten Rüschenhäubchen einer jungen Modedesignerin, einem Stand voller bunter Perücken und den Auslagen eines japanischen Buchladens.

Auf der großen Bühne in der Haupthalle findet gerade eine Podiumsdiskussion mit einem japanischen Ehrengast statt. Ehrfürchtig lauschend sitzen Jeans tragende Mangafans neben Engeln mit riesigen Flügeln und umklammern ihre Tüten voller Actionfiguren, Poster und anderen Schätzen, die sie nur hier finden.

Außenstehende können die seltsamen Gestalten nicht verstehen, die sich stundenlang über Comicstände beugen, die in mit Herzblut zusammengestellten Cosplays für Fotos posieren, die stundenlang über Musik, Serien und Mangas diskutieren können und sich mit besonderen Ausdrücken und Wörtern beinahe in einer Geheimsprache zu unterhalten scheinen. Aber für alle, die ein Teil der Szene sind, ist es wie ein Klassentreffen mit Menschen, die man gar nicht kennen muss, um zu ihnen zu gehören.

Conventions verströmen eine einzigartige Atmosphäre. Egal, ob sie in winzigen Vereinshäusern oder in gigantischen Hallen stattfinden, die Atmosphäre einer Con ist absolut einzigartig. Conventions sind Begegnungsorte, Partys, Kulturfeste und Abenteuer – aber genauso wollen sie auch vorbereitet werden. Also setz die Katzenohren auf und zieh deinen Umhang an, schlüpfe in bequeme Schuhe und nimm eine gute Prise Leichtsinn und Abenteuerlust – jetzt erfährst du alles, was es braucht, um eine Convention zu überleben!

Level 01:

AUF IN DEN DANGER-ROOM! VORBEREITUNG IST ALLES!

COSPLAY – JA ODER NEIN?

Diese Frage solltest du früh genug klären. Je nachdem, in welches grandiose Gewand du dich kleiden willst, braucht es dafür nämlich durchaus längere Vorbereitung – bei einem aufwändigen Kostüm sogar mitunter mehrere Monate. Also plane weise. Schnittmuster, Stoffe und natürlich das Nähen selbst fressen deine Zeit (und dein Geld) schneller als Pac-Man Punkte frisst.

DIE GOLDENE EINTRITTSKARTE

Nein, ein Con-Ticket zu kaufen ist nicht so schwer wie die Goldene Eintrittskarte zu Willy Wonkas Schokoladenfabrik zu finden, aber je nach Beliebtheit der Con könnten die Tickets schnell ausverkauft sein. Hier gilt es, die Gaming-Reflexe noch mal zu trainieren, bevor die Ticketverkäufe starten. Es macht mehr Sinn, mit deinen Freundinnen abzusprechen, ob eine für euch für alle gleichzeitig bestellt, wer gegebenenfalls die Kosten vorstreckt und wie lange ihr bleiben wollt – Conventions können von einzelnen Tagen bis zu Wochenenden oder sogar mehreren Tagen reichen. Überlege dir daher gut, wann du was erleben möchtest.

ANREISE & HOTEL

Portschlüssel, Flohpulver, Teleportation oder doch beamen? Vor allem, wenn die Convention groß und bekannt ist und ihr auf einen Schlafplatz angewiesen seid, ist es sehr, sehr (ich kann nicht betonen, wie) wichtig, sich früh genug um Anreise und Unterkunft zu kümmern. Je größer und bekannter die Con, desto begehrter sind alle Zimmer in allen Jugendherbergen und Hostels der Stadt und je länger ihr wartet, desto teurer werden sie. Ebenso ist die Frage der Anreise früh zu klären. Reist ihr mit den Öffis, mit dem Auto oder sogar per Flugzeug an? Wie gut (oder schlecht) ist das Con-Gelände erreichbar, gibt es Parkplätze, Parkgebühren oder einen Campingplatz? Fast alle Conventions haben auf ihren Homepages nützliche Informationen zur An- und Abreise und bieten manchmal Shuttle-Busse oder spezielle Ticket-Hotel-Bundles an. Auch hier gilt: Früh geplant bedeutet weniger Stress (und mehr Geld, das du auf der Con ausgeben kannst ;))

UNTERLAGEN

Ja, es ist langweilig, aber elementar wichtig und sollte ebenfalls früh genug geklärt werden! Denn du möchtest sicherlich nicht, dass dir zwei Wochen vor der Con einfällt, dass dein Personalausweis abgelaufen ist oder du deinen Reisepass erneuern musst. Drucke auch deine Eintrittskarten aus, sobald du sie hast. Auch wenn du ein digitales Ticket hast, ist es immer sicherer, das Ticket in Papierform bei dir zu haben - für den Fall der Fälle. Wenn du minderjährig bist, kann es außerdem nötig sein, dass deine Eltern dir eine schriftliche Teilnahmeerlaubnis erteilen müssen. Diese musst du gegebenenfalls am Eingang vorzeigen. Und glaub mir, DAS willst du nicht erleben und dann am Tag der Tage vor der Tür stehen bleiben, weil du diese „Kleinigkeit" vergessen hast (Erlebnis frei erfunden ...*hust*).

Level 02:

DER PLAN & DIE STRATEGIE

Du hast die grundlegenden Vorbereitungen getroffen und bis zur Convention sind es noch wenige Tage oder Wochen? Zeit für Phase 2 der Vorbereitung!

DEINE RÜSTUNG

Egal, ob du in deinen alltäglichen Nerdsachen gehst oder ein Full-Body-Angemon-Cosplay mit Perücke und zwei Meter breiten Flügeln planst, eins ist sicher: Auf der Con kannst du dich so richtig ausleben!

Also genieße es, trau dich, vor allem aber: Fühl dich wohl, völlig egal, was du anziehen möchtest. Du solltest aber immer ein paar Basics dabeihaben: Das A und O sind dabei bequeme Schuhe. Auf einer Con bist du locker zehn Stunden auf den Beinen bzw. Füßen und selbst das schönste Cosplay ist es irgendwann nicht wert, dass

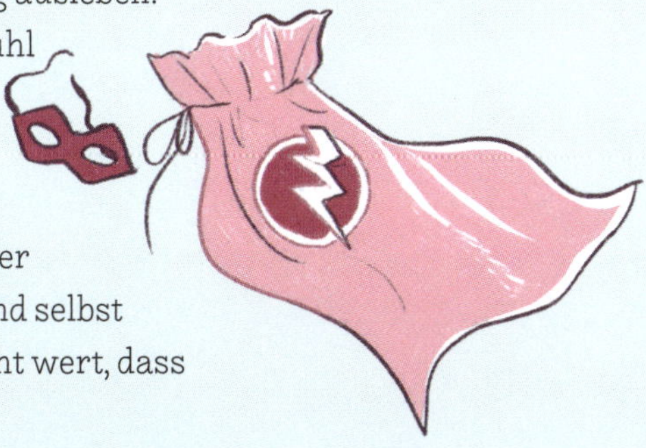

einem die Füße wehtun. Nimm eine leichte Jacke mit, die du zur Not um die Hüfte binden kannst, denn du solltest Garderoben wenn möglich vermeiden. Sie kosten Geld und du wirst ewig anstehen.

PACKEN

Nimm nicht zu viel mit. Ich weiß, wir wünschen uns alle einen unaufspürbaren Ausdehnungszauber, aber bis wir den beherrschen, müssen wir einfach clever packen. Wenn du cosplayst, stelle sicher, dass du dein Cosplay, falls nötig extra transportierst, damit es nicht beschädigt wird. Nimm ansonsten nur mit, was du wirklich brauchst. Wenn du drei Tage auf einer Convention bist, brauchst du nicht sieben verschiedene Outfits – du wirst sowieso den ganzen Tag unterwegs sein. Und je mehr Platz im Koffer, desto mehr Plüschtiere kannst du kaufen! Und Tassen! Und Mangas! Und Actionfiguren!

GELD, HANDY, EINKAUFSLISTE

Leider haben wir nicht alle ein Verlies in Gringotts, daher ist genaue Planung und Vorbereitung angesagt, denn eins ist sicher: Conventions sind teuer. Natürlich ist jede Con-Besucherin anders und konsumiert unterschiedlich, daher empfiehlt es sich, eine Einkaufsliste anzulegen und im Voraus zu planen, was man kaufen möchte.

Grob kann man mit mindestens 100 € Ausgaben pro Con-Tag rechnen. Nimm am besten Bargeld mit, denn nicht überall kann man mit Karte zahlen. Vor allem kleine Stände und unabhängige Künstler bieten diese Möglichkeit oft gar nicht an. Also führe einen gut gefüllten Klingelbeutel mit dir!

Stell außerdem sicher, dass du (falls du minderjährig bist) für deine Eltern erreichbar bist und du auch mit deinen Freunden und Freundinnen Kontaktdaten ausgetauscht hast. Oh, und nimm eine Powerbank mit. Du möchtest nicht in einer Conventionhalle panisch nach einer Steckdose suchen, um dein Handy aufzuladen, weil du erfahren hast, dass Tom Holland Stargast ist und du nicht mehr genug Akkuladung für ein Foto mit ihm hast. Wirklich nicht. Wenn du aktiv andere Nerds kennenlernen möchtest, kannst du dir kleine Visitenkarten drucken, auf denen deine Social-Media-Kontakte stehen. Dies kann nützlich sein, weil auf manchen Cons tatsächlich das Mobilfunknetz zusammenbricht.

LOOK AROUND, LOOK AROUND! - DEN CON-BESUCH PLANEN

Apropos Tom Holland - zu planen, wen und was du auf der Con treffen und erleben willst, ist so wichtig wie die Repräsentation von LGBTQ-Charakteren in Disneyfilmen. Hier gilt es, die richtige Balance zu halten. Plane nicht zu früh, denn viele Lineups oder Veranstaltungen ändern sich noch kurz vor der Con (behalte die Social-Media-Kanäle der Con im Auge), aber warte auch nicht zu lang, denn eine gute Planung kann dir viel Verwirrung und Frust ersparen. Ohne Plan verliert man sich schnell in den ewig langen Gängen und hat am Ende vielleicht kaum was gesehen oder all sein Geld beim erstbesten Stand für ein übergroßes Flegmon-Plüschi ausgegeben.

Zunächst sei gesagt: Du wirst nicht alles, was du machen und sehen möchtest, wahrnehmen können. Viele Events finden gleichzeitig statt und wenn du nicht gerade eine TARDIS besitzt oder Doc Brown bist, musst du dich nun mal entscheiden. Welche Stars kommen auf die Con? Welche Panels möchtest du besuchen? Gibt es Workshops, an denen du teilnehmen möchtest? Informiere dich früh genug, ob du für Meetings mit Stars Tickets kaufen und dich an Zeitpläne halten musst. In der Regel muss man sehr lang anstehen, sei gewarnt. Und vergiss nicht: Stars triffst du hier vielleicht einmal und nie wieder. Eine Blackpink-Sammeltasse kannst du dagegen immer wieder kaufen. Vergiss auch nicht die Zeit, die du brauchst, um dich von einem Veranstaltungsort zum nächsten durch die Menschenmassen zu quetschen und versuche dir im Voraus Hallenpläne einzuprägen, damit du die Wege leichter findest. Und am wichtigsten: Gönn dir Pausen, plane nicht zu viel und vergiss nicht den Spaß dabei. Du möchtest schließlich auch mal sitzen und dich ausruhen. Und die besten Con-Erfahrungen kann man ohnehin nicht planen.

Level 3:
HOW TO CON!

Die Reise liegt hinter dir, ihr habt entweder im Hotel eingecheckt oder kommt direkt zur Con, deine Gefährten sind an deiner Seite, ihr habt brav wie echte Heldinnen in der gefühlt zwölf Kilometer langen Einlassschlange gewartet, die Tore haben sich geöffnet und ihr seid tatsächlich da, wo ihr hinwolltet: In den heiligen Hallen, dem Nerd-Paradies, dem Narnia der Geeks, dem Wunderland der Freaks – jetzt heißt es Ruhe bewahren und auf euren Plan vertrauen. Im Gewimmel aus *Attack on Titan*-Cosplayer und Cosplayerinnen, Flügeln und riesigen künstlichen Schwertern solltest du dir zunächst einen Überblick verschaffen. Wo befinden sich die Notausgänge, Toiletten und Infoschalter? Einigt euch auf einen Treffpunkt, den ihr ansteuert und den sich jeder aus eurer Gruppe merken kann, falls ihr euch verlieren solltet und wiederfinden möchtet. Falls die Gefahr besteht, dass das Mobilnetz euch im Stich lässt, kann es auch helfen, einen festen Zeitpunkt auszumachen, zu dem sich alle verbindlich an einem bestimmten Ort treffen. Und dann nur Mut, junge Heldin, stürz dich ins Getümmel!

PANELS, VORTRÄGE & SHOWS

Sei früh genug da. Wie gesagt, ein Großteil einer Convention kann aus Warten bestehen. Wenn du endlich einen Sitzplatz ergattert hast, verhalte dich ruhig. Das Panel folgt einem eigenen Plan und alle Beteiligten haben sich intensiv darauf vorbereitet. Wenn es an die Fragerunden geht und du tatsächlich das Mikro bekommst, stelle Fragen, auf die der Gast eine gute Antwort oder sogar eine gute Geschichte geben kann. Stelle ungewöhnliche Fragen zu Hobbys oder Projekten, die nicht jeder kennt. Außerdem zeigst du so, was für ein Die-Hard-Fan du bist. Wenn du nur kurz sagen willst, wie toll du Tom als Spidey findest, ist das zwar nett, aber dafür sind Fragerunden nicht gedacht. Dafür gibt's die Signierstunden. Frage außerdem nur, wenn du eine Frage hast. Wenn dir nichts einfällt, verzichte und gönne anderen die Möglichkeit, eine Frage zu stellen.

WAS IST EIN PANEL?

Panel ist ein anderes Wort für *Podiumsdiskussion*. Das sind Veranstaltungen, zu denen sich Fachleute vor interessiertem Publikum treffen, um gemeinsam über ein bestimmtes Thema zu diskutieren und neue Erkenntnisse zu sammeln. Kurz gesagt: Geeks treffen sich, um mit anderen Geeks über Geek-Themen zu plaudern. Klar so weit? ;)

AUTOGRAMMSTUNDEN & FOTOTERMINE

Da hinten ist er, an einem unscheinbaren Tisch und du kannst es kaum abwarten, endlich deinen liebsten Spiderman-Comic von Tom Holland signieren zu lassen! Aber sei vorbereitet: Halte Bargeld bereit, gegebenenfalls musst du vor Ort für das Autogramm bezahlen. Sei geduldig – ja, die Schlange mag lang sein – aber das ist sie für alle. Also warte geduldig. Wenn du dann an der Reihe bist, beeile dich und tu nichts, was die Schlange aufhalten könnte. Denk dran, dass alle anderen auch lange warten. Mach dein Foto mit Tom (Atmen nicht vergessen) und wechsle ein paar nette Worte, akzeptiere aber auch, wenn der Stargast reserviert ist oder nicht viel Zeit für dich hat.

FOTOGRAFIEREN & DER UMGANG MIT COSPLAYERN

Auf einer Con gibt es unzählige Gelegenheiten, tolle Erinnerungen zu sammeln und du solltest Fotos und Videos machen, bis die Speicherkarten glühen! Aber es gibt eine goldene Regel: Cosplay is not consent. Das bedeutet „Cosplay ist keine Zustimmung". Diese Regel schützt dich, wenn du cosplayst, aber natürlich auch, wenn du in Zivil unterwegs bist.

Niemand darf dich fotografieren oder filmen, wenn du das nicht möchtest. Trau dich, „nein" zu sagen, wenn du dich nicht wohlfühlst. Wenn jemand mit dir ein Foto machen möchte und du aus irgendwelchen Gründen keine Lust dazu hast, darfst du ablehnen. Niemand darf dich ohne deine Zustimmung umarmen oder irgendwie anfassen, auch nicht, wenn du einem Foto zustimmst. Und du musst vor niemandem begründen, warum du dich unwohl fühlst.

Wenn du selbst fotografierst, musst du vorher freundlich nach einem Foto fragen und ein „Nein" akzeptieren. Das sollte so klar sein wie die Antwort auf „Who you gonna call?" Wenn eine Person gerade eine Pause macht, isst oder nicht so aussieht, als wolle sie fotografiert werden, dann verzichte darauf. So ersparst du euch allen eine blöde Situation. Sollte logisch sein. Frag dich einfach immer, wie du selbst behandelt werden wolltest.

Error 404

DONT'S UND NOTFALLTIPPS

Auch wenn Conventions Gelegenheiten sein sollten, um Spaß zu haben, gibt es auch dort Dinge, die schieflaufen können und auf die du achten solltest.

WER DIE REGELN KENNT, IST KLAR IM VORTEIL! CONVENTION-ETIQUETTE

SEI RÜCKSICHTSVOLL. Egal, wie sehr du Stars, YouTuber oder Cosplayer verehrst, wenn du merkst, dass er seine Ruhe haben will, akzeptiere dies. Frag nicht genau dann nach Fotos, wenn sie gerade essen oder in Ruhe irgendwo sitzen wollen und – das sollte klar sein – umarme und fasse niemanden an, ohne vorher zu fragen. (Ihr seid gemeint, Free-Hug-Fans und Deadpool-Cosplayer . ;)) Behandle Cosplayer und Star-Gäste immer wie die Menschen, die sie sind und nicht wie die Rolle oder Figur, die sie darstellen.

DON'T CHEAT! Drängle dich nicht in Schlangen vor. Die anderen Wartenden werden dich zu Recht mit diversen Flüchen belegen.

SPIEL NACH DEN REGELN. Egal, ob es Regeln bei Signierstunden, Fotosessions und Panels sind oder die allgemeine Hausordnung der Con – du bist Gast und musst dich an die Regeln halten. Gerade bei Autogrammstunden gibt es oft Vorgaben, damit alles reibungslos verläuft. Sollten sie nicht ausgeschildert sein, trau dich zu fragen. Du willst lieber einmal zu oft fragen, als unangenehm aufzufallen – vor allem nicht vor Tom Holland! ;)

BRING KEINE GESCHENKE FÜR GÄSTE MIT. in der Regel können sie diese nicht annehmen. (Würdest du Essen von einem völlig Fremden annehmen? Siehst du.)

SEI TOLERANT! Egal, ob jemandes Cosplay oder sein Benehmen nicht deinen persönlichen Ansprüchen genügt, ihr seid alle auf der Convention, um Spaß zu haben, und wenn Geeksein für eines steht, dann für Toleranz! Verhalte dich anderen gegenüber so, wie du behandelt werden möchtest.

Was im Notfall zu tun ist

LASS DIR HELFEN

Wenn du in Situationen bist, aus denen du nicht herauskommst (z.B. solltest du bedrängt werden), scheue dich nicht, Hilfe zu verlangen. Egal, ob vom Sicherheitspersonal, Servicepersonal oder von anderen Con-Besuchern und Besucherinnen. Auch wenn du denkst, dass dein Unwohlsein die tolle Erfahrung für deine Freunde schmälern könnte, das stimmt nicht. Die einzige, die hier jemandem die gute Stimmung verdirbt, ist die Person, die sich dir gegenüber danebenbenimmt.

HILF ANDEREN! Wenn du beobachtest, dass jemand belästigt wird oder in einer Situation ist, in der sie oder er sich offensichtlich oder auch nur vielleicht nicht wohl fühlt, zeig, dass du auf ihrer/seiner Seite bist. Du musst nicht gleich Batman sein, aber einfach nur zu zeigen, dass du als Robin zur Stelle bist, kann beruhigend sein.

MACH AUF DIE SITUATION AUFMERKSAM. Solltest du eine unangenehme, unangebrachte oder gefährliche Situation beobachten, schau nicht weg. Wende dich an Sicherheitspersonen oder den Convention-Staff und mach auf deine Beobachtung aufmerksam. Beziehe andere Personen mit ein, sprecht die Betroffenen an, als Gruppe ist dies zum einen einfacher, zum anderen ist es sicherer, und fragt, ob alles in Ordnung ist. Egal, wie komisch du dich in diesem Moment vielleicht auch fühlst, es ist immer besser, einmal zu viel nachzufragen, als einmal zu wenig.

LAST BUT NOT LEAST!

HAB SPASS! Die zuletzt genannten Situationen werden höchstwahrscheinlich nicht eintreffen! Conventions sind im Großen und Ganzen sichere Orte mit freundlichen Mitarbeitern und Mitarbeiterinnen, Sicherheitspersonal, vielen fröhlichen Menschen, die einfach nur eine gute Zeit haben wollen, und voller positiver Magie!

Check, please!

CHECKLISTE FÜR DEINE CONVENTION-AUSRÜSTUNG

1. TASCHE MIT UNAUFSPÜRBAREM AUSDEHNUNGSZAUBER

Eine Tasche, groß genug, um Wechselschuhe, Con-Hon, Dragonballs, Lichtschwert, Bogen und Bumerang und andere Kleinigkeiten zu verstauen.

2. ZAUBERTRANK

Man kann niemals genug betonen, wie wichtig Wasser ist. Es muss ja nicht gleich die 1,5 L-Flasche sein, aber wenn du den ganzen Tag unterwegs bist oder seit einer Stunde in einer Schlange anstehst, wirst du irgendwann sehr dankbar für etwas zu trinken sein.

3. WUNDERMITTEL

Lippenbalsam & Handcreme (die Luft in Con-Hallen ist oft trocken), Deo (kein Kommentar), Kaugummi oder Minzpastillen (denk an Tom!) und Desinfizier-Gel (nach ein paar Stunden Convention seeeehr willkommen), (Kopf-)Schmerztabletten, wenn nötig Menstruationsartikel und Tabletten gegen Allergien oder Laktoseintoleranz. Das klingt nach ein paar Kleinigkeiten, ist aber so essenziell wie sein Batmans Anzug.

4. „DARF ICH IHNEN UNSERE KARTE GEBEN?“

Visitenkarten. Wie schon erwähnt, haben vor allem Cosplayer oft Visitenkarten, um miteinander in Kontakt zu kommen. Es kann nicht schaden, sich welche zuzulegen, falls du dich gerne vernetzen möchtest. Dass darauf nicht dein voller Name, deine Telefonnummer oder Adresse stehen sollte, ist hoffentlich so klar wie die Namen aller Big-Bang-Mitglieder für die VIPs. Auf deine Visitenkarte gehört dein Nickname oder Cosplay-Name, die URL deiner Homepage und die Namen deiner Social-Media-Accounts.

5. GEHEIMWAFFEN

Je nachdem, was du kaufen möchtest: Plastikfolien für Comics oder Art-Prints sowie Posterrollen und Gummis für Zeichnungen oder Poster.

6. NEKTAR UND AMBROSIA

Die Schlangen an Ständen auf der Convention sind immer lang und nicht selten steht man stundenlang an. Nimm dir deswegen Snacks mit, die dir Energie geben, wie Müsliriegel, Nüsse oder die gute alte Stulle. Wenn du Zeit hast, kannst du dir ein Bento machen – dann machen deine Snacks auch gleich optisch was her. Aber frühstücke vor allem reichhaltig, bevor du losziehst. Unterschätze nicht, wie kräfteraubend eine Con sein kann. Proteine geben dir Energie und halten sich am längsten satt.

7. ENERGIE

Powerbank und Ladekabel. Wie schon erwähnt, sind Steckdosen so gut wie nicht vorhanden. Eine Powerbank ist daher ein Muss.

8. AB IN DIE OASIS

Je nach Con kann die Warterei schon beim Einlass beginnen, daher ist es wichtig, Ablenkung und einen Zeitvertreib dabei zu haben. Auf der Gamescom steht man sich gerne mal mehrere Stunden die Beine in den Bauch, um ein neues Game anzuspielen. Und Autogrammschlangen reichen auch schon mal durch eine ganze Messehalle. Stelle sicher, dass du dir die Wartezeit verkürzt. Nimm natürlich nicht den neuen 950 Seiten langen Roman deines Lieblings-Science-Fiction-Autors mit, sondern setz auf leichtes Gepäck: Manga, ein Comic, noch besser ein E-Book, eine Handheld-Konsole oder ein Handysspiel ODER (ganz old-school) spiele mit deinen Freunden eine Runde „Wer bin ich?“, bis ihr dran seid. Was auch immer, breite dich darauf vor, dass Schlangen auf Cons laaaaaang sind.

GEEK GIRL-IDOL
Katniss Everdeen

Rebellin
Aus *Die Tribute von Panem* von Suzanne Collins

SOS – Save our Style:

ERSTE HILFE BEI COSPLAY-PANNEN

COSPLAY-ERSTE-HILFE-KIT

- 1. **SICHERHEITSNADELN, KINDERSCHERE, STOFFKLEBER,** falls sich Fäden oder Stoffteile selbstständig machen. Eine Kinderschere kommt meistens durch die Sicherheitskontrollen.

- 2. **HAARSPANGEN, HAARSPRAY, PERÜCKENNETZ, HAARGUMMI,** damit dein Style immer perfekt sitzt!

- 3. **KONTAKTLINSENLÖSUNG UND -BEHÄLTER ODER AUGENTROPFEN,** falls du deine Linsen irgendwann rausnehmen möchtest oder deine Augen austrocknen (kann besonders bei farbigen Kontaktlinsen passieren).

- 4. **MAKE-UP: PUDER, LIPPENSTIFT, KAJAL ODER LIDSCHATTEN.** Du kannst natürlich nicht dein gesamtes Make-up mit dir herumtragen, aber Lippenstift, Kajal, Lidschatten und Puder sind vier einfache Basics, mit denen du dein Make-up zwischendurch immer wieder auffrischen kannst.

- 5. **DOPPELSEITIGES KLEBEBAND.** Wenn nichts mehr hilft, kann man alles auch rigoros festkleben. Aber nimm im Zweifel leichte Wechselkleidung mit. ;)

- 6. **FLACHE SCHUHE, SOCKEN UND GELEINLAGEN,** aus naheliegenden Gründen.

Und hinterher:

EINE RUNDE CONVENTION-BINGO!

Hake ab, was du erlebt oder gesehen hast. Wenn du diagonal oder senkrecht eine Reihe abgehakt hast, gewinnst du ewigen Ruhm ;)

1 MARVEL-COSPLAYER	2 SCHWITZENDE LEUTE GEROCHEN	3 STORM-TROOPER	4 JEMAND MIT DAKIMAKURA UNTERM ARM
5 FREE-HUGS-SCHILD	6 RIESIGE SCHAUMSTOFF-WAFFE	7 KATZEN-OHREN	8 VERWIRRTE ELTERN
9 LINK-COSPLAYER	10 MAID-OUTFIT	11 POCKY	12 ABGEFAHRENEN SNACK ZUM ERSTEN MAL GEGESSEN
13 ÜBERTEUERTES ESSEN	14 SUPERSÜßES KLEINKIND IM COSPLAY (CINNAMONROLL)	15 GENDERBEND-COSPLAY	16

Nicht vergessen:

DAS WICHTIGSTE IST SPAß ZU HABEN UND UNVERGESSLICHE ERINNERUNGEN ZU SAMMELN!

KAPITEL 07

Geek Girls unite!

GEEK GIRL-IDOL

Mikasa Ackerman

Titanen-Bekämpferin

Aus *Attack on Titan*
von Hajime Isayama

WIR SIND GLOW
Glorious Ladys of Weirdness

Geek Girls können sich wehren!

Ein Geek Girl zu sein ist fantastisch, aber sich in den unendlichen Weiten aus Geekdom, Fandom und Nerdwelt zurechtzufinden, kann manchmal eine ganz schöne Herausforderung sein (die Geek Girls natürlich locker meistern). Immerhin sind wir eine große fröhliche Community und wir lassen uns nicht unterkriegen. Auch nicht von Trollen, Dementoren und Daleks in Menschenform. Gerade in den unendlichen Weiten des Internets tummeln sich leider hin und wieder diese grässlichen Gnome und warten nur darauf, zu mobben und auszugrenzen. Klar, Geek Girls wischen sich diesen Staub lässig von der Schulter. Hier hast du ein Arsenal an Rüstzeug, mit dem du jeden Troll in die Flucht schlägst!

ATTACKE NR. EINS:

Lachen und weitermachen!

Du hast ein Selfie oder Foto von dir in deinem neuen Lieblingscosplay gepostet und irgendein schleimiger Stollentroll schreibt einen Kommentar, der weit über ein Kompliment hinausgeht oder dich beleidigt? Uärgh, husch, zurück mit dir in deine Höhle! Zuerst einmal: Nimm diese Typen nicht ernst. Jede Art von Reaktion ist für solche Typen wie schleimiger Fisch für Gollum. Du bist weder verpflichtet, auf derartige Kommentare zu antworten, noch irgendwie zu reagieren. Was du tust, ist ganz allein deine Entscheidung. Hör auch hier auf dein Bauchgefühl! Ein Kompliment ist nur nett, wenn du dich damit nicht schlecht fühlst. Viele Idioten im Netz sind der Meinung, dass du dich über belästigende oder beleidigende Kommentare „nicht zu wundern brauchst", wenn du bestimmte Kostüme trägst oder dass Beleidigungen, als „Kritik" getarnt, angenommen werden müssen. Dazu gibt es nur eines zu sagen: Merk dir das, mach es zu deinem Mantra, schreib es auf einen Zettel und tackere ihn dann jedem Idioten, der etwas anderes behauptet, an die Stirn: **Du musst gar nichts!** Es ist völlig egal, was du trägst - ob du als Harley Quinn in Hotpants, in deiner *My Hero Academia*-Schuluniform oder als Alfons Elric gehst – du darfst cosplayen, tun und machen, was du willst! Verlange immer und überall, mit Respekt behandelt zu werden – egal, ob im Minirock oder in Latzhose!

ATTACKE NR. ZWEI:

Mach 's wie Conan – sichere Beweise!

Wenn Belästigungen und Beleidigungen nicht aufhören oder dich wirklich belasten, dann sei eine gute Detektivin und sichere alle Beweise, die du brauchen könntest, um deine Belästigung glaubhaft zu machen. Sammle Screenshots, gespeicherte Chatverläufe und E-Mails. So kann dir schneller geholfen werden, wenn du den Mobber meldest und man nach Beweisen sucht. Oft schämen wir uns für die Gemeinheiten, die man uns schreibt, und löschen alles, um möglichst nicht mehr daran denken zu müssen. Während du unliebsame Kommentare natürlich löschen kannst und solltest (wenn jemand ein Ei an dein Fenster werfen würde, würdest du es auch abwischen und das Fenster schließen), solltest du manche Dinge vorher speichern, um die Taten deines Mobbers später gegebenenfalls beweisen zu können.

ATTACKE NR. DREI:

Blockiere und melde die Hater!

Stell dir vor, das Fenster deines Zimmers steht offen und draußen schreit ein Typ ununterbrochen rum. Du würdest das Fenster schließen, nicht wahr? Verhalte dich im Netz genauso. Du bist nicht verpflichtet, Leute auf deinen Social-Media-Accounts zu akzeptieren, die dort nichts zu suchen haben und dich belästigen. Der Block-Button ist etwas Wunderbares, quasi dein Kryptonit gegen alle Trolle. Frage dich immer wieder: Würde ich derartiges Verhalten in der realen Welt einfach akzeptieren? Den Mobber blockieren, an die Betreiber der Webseite melden und ansonsten ignorieren kann helfen. Mobber leben sozusagen davon, dass du auf ihren Unrat reagierst. Einfach nichts zu tun, nimmt ihnen allen Wind aus den Segeln. Ignorieren hat aber auch einen Nachteil: Du schweigst. Wenn du also das Gefühl hast, dich wehren zu wollen, dann mach es laut.

ATTACKE NR. VIER:

Lass sie deine Stimme hören!

Nimm dir zum Vorbild, was Arya Stark in *Game of Thrones* dem Tod entgegnen soll: „Nicht heute!" Lass dir den Tag nicht von garstigen Orks verderben! **Teile dich mit!** Jeder hat Geheimnisse, schöne und weniger schöne. Aber wenn du belästigt wirst, solltest du das nicht für dich behalten. Denn vergiss nicht: Das ist nichts, wofür du dich schämen musst, weil es nicht deine Schuld ist! Wenn du dir unsicher bist, wie du reagieren sollst, sprich mit deinen Freundinnen oder Familienmitgliedern darüber. Ein mutiger Schritt ist auch, Hass-Nachrichten, die du erhältst, auf deinem Account zu veröffentlichen. Hater und Mobber fühlen sich meist sicher, weil sie sich unsichtbar vorkommen. Indem du ihre Gemeinheiten gegen dich veröffentlichst, stellst du sie bloß, bist selbst wieder handlungsfähig und kannst Beistand von deinen Followern, anderen Geek Girls und Freunden bekommen. Außerdem zeigst du damit anderen, die eventuell gemobbt werden, dass sie nicht allein sind.

ATTACKE NR. FÜNF:

Du hast Rechte!

Niemand darf Fotos, deinen Namen, deine Schule, Adresse oder deine Handynummer einfach so im Netz verbreiten. Außerdem darf dich niemand beleidigen, bedrohen oder belästigen.

DU HAST DAS RECHT, alles von dir fernzuhalten, was dir nicht guttut.

DU HAST DAS RECHT, dich auszuprobieren, Fehler zu machen und deine Meinung zu ändern.

DU HAST DAS RECHT, deine Meinung zu sagen und deine Stimme zu erheben.

DU HAST DAS RECHT zu schweigen.

DU HAST DAS RECHT frech zu sein.

ICH HABE DAS RECHT …

Klügstes Mädchen der USA, Feministin, Tierschützerin

Aus Die Simpsons von Matt Groening

GEEK GIRL-IDOL

Lisa Simpson

GEEK GIRLS UNITE

Warum wir zusammen stärker sind!

Geek Girls wissen: Zusammen sind wir stark! Was Dumbeldores Armee für Harry und seine Freunde ist, das können wir füreinander sein. Wenn du siehst, dass andere beleidigt oder gemobbt werden, zeig ihnen, dass du auf ihrer Seite stehst.

Geek Girls respektieren sich gegenseitig! Ja, wenn es um Fandoms oder unsere Lieblingshobbys geht, können wir leidenschaftlich werden (Nicht wahr, K-Pop-Fans? ;)). Und wehe, jemand wagt es, einen anderen Doktor besser zu finden als deinen Liebling, oder solchen Unsinn zu verbreiten, wie etwa, dass die *Percy Jackson*-Filme besser wären als die Bücher. Ja, in solchen Situationen werden Diskussionen schon mal hitzig. Das ist zwar verständlich, wir dürfen aber nie vergessen, was wirklich zählt: dass wir etwas gemeinsam haben, nämlich ein gemeinsames Hobby, gemeinsame Werte. Und das ist großartig!

Geek Girls schließen niemanden aus!

SPRÜCHE, DIE (LEIDER FAST) JEDES GEEK GIRL KENNT

*„Mädchen sind keine echten Geeks/Gamer/Nerds", „Du bist kein echter Geek, wenn du nicht *hier an den Haaren herbeigezogene Begründung einfügen* bist", „Du nennst dich nur Geek/Nerd, um Jungs zu gefallen", „Du bist ja nur mit deinem Freund hier, oder?", „Mädchen können keine männlichen Figuren cosplayen und umgekehrt", „Du darfst das nicht cosplayen, weil du dick/dünn//die ‚falsche' Hautfarbe hast/nicht fließend Klingonisch sprichst oder jede einzelne Folge irgendeiner Serie im Schlaf mitsprechen kannst" und anderen Unfug.*

GANZ KLAR: NEIN.

Niemand kämpft sich durch die *Dark Souls*-Reihe oder schafft es, alle Folgen von *Star Trek* zu gucken, nur um irgendwem zu gefallen. Und davon abgesehen gibt es keine Regeln, die besagen, was ein „echter" Geek oder Nerd ist. Gatekeeper-Alarm! Du hast Spaß daran, dich zu schminken und Stunden in Outfits zu investieren, bevor du deinen Stream anwirfst? Super, du bist Geek! Du hast keine Ahnung von Science-Fiction, schaust aber liebend gern in Jogginghose Animes, bis dein Laptop glüht? Wunderbar, du bist Geek! Du liebst Wissenschaft und hast dafür absolut nichts mit Games am Hut, kennst dafür aber das Periodensystem auswendig? Glückwunsch, du bist Geek! Du willst in keine Schublade gesteckt werden und liebst es, alles zu cosplayen, was es gibt, weil es keine Regeln gibt und Cosplay eine absolut freie Kunst ist? Willkommen, du bist Geek! Letzten Endes gehören wir alle zusammen: Ob Geek Girl, Nerd Boy oder alles dazwischen und beyond – the sky's the limit!

GEEK GIRL-IDOL
Alex Fierro

Halbgottheit und furchtlose Gestaltwandler*in

Aus *Magnus Chase: Geschichten aus den neun Welten* von Rick Riordan

ZUM SCHLUSS: Geek Girls retten die Welt!

Ein Geek Girl zu sein ist fantastisch und deine Reise in ein Leben voller Abenteuer, Heldinnentaten und Verrücktheit fängt gerade erst an! Geek Girls lesen zu lang und haben manchmal das Gefühl, in der falschen Welt geboren worden zu sein. Geek Girls wissen, dass die dunkle Seite der Macht besser ist, weil es da Kekse gibt. Geek Girls bauen den Lego-Todesstern und werden irgendwann Nobelpreise gewinnen. Geek Girls sind überall und ihre Stimmen werden endlich lauter! Sie schreiben Sprüche aus Fantasyromanen auf ihre Protestschilder, sie erobern sich Preise in den Profiligen von eSports-Events, drehen Filme oder sie tun nichts von alledem, sondern lieben es einfach, mit einer Tasse heißer Schokolade ihren Lieblings-Anime zu bindge-watchen und dabei ihre Briefmarkensammlung zu sortieren (okay, das war übertrieben ;).

GANZ EGAL,
was DU TUST
UND *wer* DU BIST,
DU BIST EINE

HELDIN!

DIE LETZTEN SEITEN
SIND FÜR DICH!

DAS WÄRE ICH ALS SUPERHELDIN!

DAS IST MEINE SUPERKRAFT:

GEGEN DIESE BÖSEWICHTE WERDE ICH KÄMPFEN:

UND SO WERDE ICH DIE WELT VERÄNDERN:

Sei frech, wild und wunderbar!

UNBEKANNTE*R VERFASSER*IN

NERDWISSEN:
Dieser Satz wird oft Astrid Lindgren zugeschrieben. Tatsächlich ist nie bewiesen worden, ob sie das wirklich gesagt hat.

Geek-Feiertage, die du kennen musst

JANUAR

2. JANUAR:
Science-Fiction-Tag

3. JANUAR:
Internationaler Tolkien-Tag

7. JANUAR:
Tag der Fossilien und alten Steine

FEBRUAR

1. FEBRUAR:
Ändere-dein-Passwort-Tag *(Rot markieren und wirklich machen!)*

7. FEBRUAR:
Liebe-deinen-Roboter-Tag

22. FEBRUAR:
Tag der Katzen

MÄRZ

10. MÄRZ:
Mario-Tag

14. MÄRZ:
Tag der Zahl Pi

APRIL

5. APRIL:
Feiertag für alle Trekkies: *Menschen haben den ersten Kontakt mit Vulkaniern*

15. APRIL:
Internationaler Anime-Tag

27. APRIL:
Tag des Morsecodes

28. APRIL:
Tag der *(nicht nur fiktiven)* Superheld*innen

MAI

4. MAI:
Star Wars-Tag

25. MAI:
Sei-stolz-ein-Geek-zu-sein-Tag & Handtuch-Tag

JUNI

8. JUNI:
Ghostbusters-Tag

13. JUNI:
Tag der Nähmaschine

19. JUNI:
Tag der Armbanduhr

JULI

2. JULI:
Welt-Ufo-Tag

8. JULI:
Tag der Videospiele

13. JULI:
Sei-stolz-ein-Geek-zu-sein-Tag

AUGUST

1. AUGUST:
Spider-Man-Tag

19. AUGUST:
Welt-Foto-Tag

SEPTEMBER

8. SEPTEMBER:
Star Trek-Tag

19. SEPTEMBER:
Sprich-wie-ein-Pirat-Tag

22. SEPTEMBER:
Hobbit-Tag

25. SEPTEMBER:
Welt-Comic-Tag

OKTOBER

3. OKTOBER:
Tag aller Techniker*innen

21. OKTOBER:
Zurück in die Zukunft-Tag
(Marty McFly kommt in der Zukunft an.)

NOVEMBER

6. NOVEMBER:
Stranger Things-Tag

11. NOVEMBER:
Pokky-Tag in Japan

20. NOVEMBER:
Gib-deinem-Computer-einen-Namen-Tag

21. NOVEMBER:
Tag des Fernsehens

DEZEMBER

5. DEZEMBER:
Tag des Ninja

8. DEZEMBER:
Gib-vor-ein-Zeitreisender-zu-sein-Tag

ANHANG

Con-Hon-Seiten

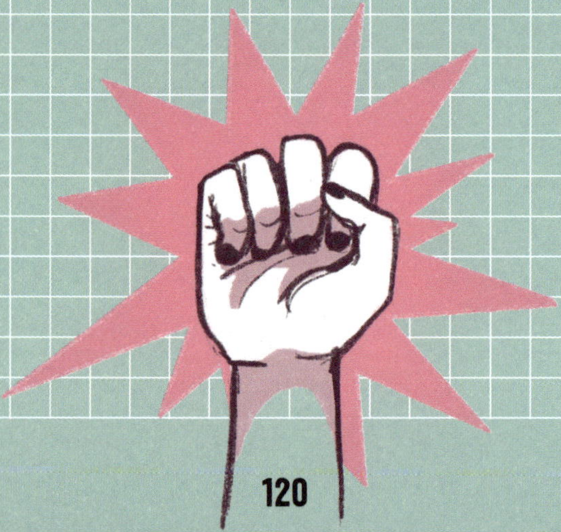

GLOSSAR

42: Die Antwort auf die Fragen „nach dem Leben, dem Universum und dem ganzen Rest", berechnet von einem Supercomputer in *Per Anhalter durch die Galaxis* von Douglas Adams.

ANIME: Japanische Zeichentrickserie und -film.

„ASDFGHJKL!": Das Einzige, was man sagt, wenn man vor lauter Emotionen nichts sagen kann.

BINGE-WATCHING: Das Schauen einer Fernsehserie am Stück. Auch Komaglotzen.

BROTP: Die platonische Version des OTP.

BSOD: Blue Screen of Death (Blauer Bildschirm des Todes). Eine Windows-Fehlermeldung und ein totaler Systemcrash, bei dem oft nichts mehr geht. Des Gamers schlimmster Albtraum.

CANON (auf Deutsch seltener Kanon): Das Originalwerk, im Gegensatz zur Fan-Fiction.

CINNAMONROLL: Zimtschnecke. Bezeichnung für eine Person, die zu niedlich, rein und perfekt für diese Welt ist (trifft besonders oft auf K-Pop-Stars zu).

CONVENTION/CON: Eine Veranstaltung zu bestimmten Spezialinteressen.

CON-HON: Eine Art Poesiealbum für Conventions.

COSPLAY: Costume Play. Das Verkleiden und Darstellen als fiktionale Figur.

D&D: Dungeons & Dragons. Legendäres und erstes Pen&Paper-Rollenspiel.

DAKIMAKURA: Riesige, lange Kissen, die man beim Schlafen umklammern kann. Oft mit den Aufdrucken von süßen Anime-Charakteren. Kein weiterer Kommentar.

DALEK: Bösartige und nichtmenschliche Widersacher von *Dr. Who*.

DARK SOULS: Fantasy-Computer-Rollenspiel. Gilt als extrem schwierig und langwierig.

DISNERD: Ein obsessiver Disney-Fan.

FAN-ART: Zeichnung von Fans zu einem bestimmten Fandom (z.B. aus Manga oder Anime).

FAN-FICTION: Geschichten, die von Fans über ihr Fandom geschrieben werden.

GAMESCOM: Weltgrößte Messe für Computer- und Videospiele.

GENDERBEND: Das Geschlecht eines fiktiven Charakters wechseln. Gern vorgenommen bei Cosplay (z. B. female!Ash), Fan-Fiction oder Fan-Art.

HAMILFAN: Fan des Musicals Hamilton.

J-POP: Japanische Popmusik.

J-ROCK: Japanische Rockmusik.

K-POP: Koreanische Popmusik.

LARP: Life Action Role Play. Eine Mischung aus Rollenspiel und Improvisationstheater, bei dem die Spieler eine Figur selbst darstellen. Oft im Mittelalter-Genre angesiedelt, gibt es aber mittlerweile vielseitige LARPs, z. B. Endzeit-, Steampunk-, oder Piraten-LARPs.

LEMBASBROT: Sehr nahrhafte Speise der Elben in *Der Herr der Ringe*.

LIGHTSTICK: Leuchtstäbe, die K-Pop-Bands für Konzerte an ihre Fans verkaufen.

MANGA: Der japanische Begriff für Comics.

NOTP: Not One True Pairing. Die Ablehnung eines (anderen Fans) OTP.

NUGNEH: Guten Tag auf Klingonisch.

OASIS, DIE: Virtuelle Welt in Ernest Clines Roman *Ready Player One*.

OMO: Koreanischer Begriff, bedeutet so viel wie „Oh mein Gott!".

OTP: One True Pairing. Das Lieblingspaar eines Fans innerhalb eines Fandoms. Populäres Beispiel: Johnlock (John Watson und Sherlock Holmes in der BBC-Serie Sherlock). Entspricht meistens nicht der Realität und bleibt sehnlicher Wunsch des Fans.

PANEL: Eine Podiumsdiskussion, beispielsweise auf einer Convention.

POKÉFAN: Ein Fan von Pokémon.

QUIDDITCH: Zauberersport in den Romanen von J. K. Rowling, bei dem auf fliegenden Besen ein Ballspiel gespielt wird.

SHIP: Abkürzung von 'relationship'. Ist der Wunsch eines Fans, dass reale oder fiktionale Personen in einer romantischen Beziehung sind (siehe OTP).

SUB: Stapel ungelesener Bücher: der Endgegner aller Buch-Geeks.

TARDIS: Raum-Zeit-Maschine aus der britischen Science-Fiction-Serie *Dr. Who*.

TRIVIA: Unnützes ausuferndes Hintergrundwissen zu einem Thema.

TWIHARD: Fans der Twilight-Buchreihe von Stephenie Meyer.

ULT BIAS: Der ultimative Liebling eines K-Pop-Fans innerhalb aller K-Pop-Bands. Man kann mehrere Bias haben, aber nur einen Ult Bias.

VISUAL-KEI: Musiker einer japanischen Independent-Musikszene, häufig dem Rock zugehörig, die sich auf besonders auffällige Art kleiden.

BILDNACHWEIS:
Sprechblasen: © 32 pixels/stock.adobe.com
Wappen, S. 35: © Sopelkin/stock.adobe.com

IMPRESSUM

1. Auflage 2021

- Originalausgabe -

Text & Idee: Theresa Behle

Lektorat: Antje Haubner

Illustration auf dem Cover (U1):
Olivia Vieweg und Ines Korth

Illustrationen und Vignetten im Inhalt:
Olivia Vieweg

Layout & Grafik: Britt Hansen

Herstellung: Ulrike Boekhoff

ISBN: 978-3-8303-6376-7

Druck und Bindung: Interak Printing House

Printed in Poland

FSC
www.fsc.org
MIX
Papier aus verantwortungsvollen Quellen
FSC® C015559

Noch mehr Bücher für Geek Girls

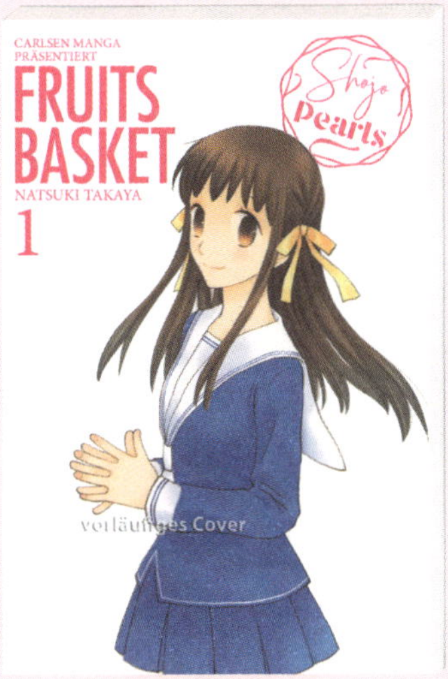

ISBN: 978-3-551-02987-4

ISBN: 978-3-551-58410-6

ISBN: 978-3-551-25028-5

ISBN: 978-3-551-58444-1

CARLSEN